愛蜜結び

～オメガの王と溺愛騎士の甘い婚姻～

CROSS NOVELS

葵居ゆゆ

NOVEL: Yuyu Aoi

yoco

ILLUST: yoco

CROSS NOVELS

CONTENTS

CROSS NOVELS

CONTENTS

愛蜜結び
〜オメガの王と溺愛騎士の甘い婚姻〜
葵居ゆゆ
illustration yoco

ノア・アメロンシエは、跪《ひざまず》いた男と深く頭を下げる貴族たちを横目に玉座へと向かった。

腰を下ろすと、両脇に置かれた大きな鉢植えから、林檎《りんご》の花が強く香る。丸テーブルに載《の》っているのは鮮やかな赤のベリー類で、足りない香りを補うためだろう、花茶も添えられていた。

アメロンシエ王国の玉座の間は、白と黒の大理石を交互に並べた床と、大きな円柱、細工天井で彩られた美しい空間だ。そこにたくさんの花と果物を飾るのは昔からの慣わしだった。豊かな実りを守る王の象徴として飾られているのだというが、今となってはノアの放つ匂《にお》いを——オメガだけが持つ、淫《みだ》らな蜜香を消すためのもののようだ。

ノアが小さく頷《うなず》くと、後ろに控えた近衛が合図を出して、貴族たちが顔を上げた。十人ほどの、いつもの顔ぶれだ。みなにこやかだが、その笑みはどこかおもねるようにノアには見える。

書記長のボードワンが、手を揉みながら挨拶《あいさつ》をはじめた。彼はアルファで、長身と整った顔立ちは五十を過ぎても人目を引く。髭や髪に白いものがまじって灰色なのが、かえって威厳を添えていた。

それでも、ノアは一度も彼に好感を持てたことがなかった。

「ノア新陛下には、本日もご機嫌うるわしく……」

「いちいち新はつけなくていい。本題を」

そっけなく遮《さえぎ》ると、ボードワンは一瞬悔しげな表情をしたものの、すぐに笑みを浮かべて、跪いたままの男を振り返った。

「やはり陛下も自分の初めての夫となると心が躍《おど》るようですな。今日は一段とお召し物も華やかで、紺色に美しい金のお髪《ぐし》が映えて、月も恥じらうばかりでございます。我々も眩《まぶ》しく思うほどですから、彼が直視できますかどうか――クロヴィス、ご挨拶しなさい」

誰が心など躍るものか、と思いつつノアは視線を逸らした。過剰な麗句が耳障りだった。視界の端、跪いていた男がやっと頭を上げる。

「クロヴィス・ミューと申します」

低く張りのある声には聞き覚えがあった。はっとして見れば、蒼《あお》い瞳と目があって、ノアはぎゅっと唇《くちびる》を嚙んだ。

（――あの男だ）

八年前からさらに大人びてはいても、見間違えようがなかった。不躾《ぶしつけ》なほどまっすぐに見つめてくる、蒼い瞳の熱っぽさ。はっきりとして男らしい眉《まゆ》、高い鼻梁《びょうりょう》と、ほどよい厚みの唇。肩より長い癖のある黒髪をひとつに結んでいて、額《ひたい》にこぼれかかる一筋までが色気を帯びている。近衛騎士の制服に包まれた身体は均整が取れていて、膝《ひざ》をついていても背が高いのがわかる。すべてがアルファ然とした男だった。

よりによってこの男か、とノアは眉をひそめた。

「クロヴィスはミュー家の次男で、現在は二十八の若さで近衛騎士を率いる団長の一人をつとめております。由緒正しい家柄で、クロヴィス自身も武芸だけでなく、学問にも優れた才能がございます。といっても、騎士学校では万年二位で、一番はわたくしのせがれだったのですが」

さりげなく息子自慢をまぜたボードワンが、恭《うやうや》しくお辞儀した。

「陛下のお一人目の伴侶としては、申し分ないかと存じます。ご覧のとおり見目もよく、貴族の娘たちも宴《うたげ》ではみな彼と踊りたがるほどです」

褒め言葉を、ノアは冷めた気持ちで聞いた。ミュー家は古い家系だが、領地が小さいことは知っている。田舎の貧乏貴族の次男だから、どうとでも扱えると踏んでの人選なのだろう。

結局のところ、オメガの王の夫というのは、子作りをさせ、王を骨抜きにして言いなりにしたうえで、重臣たちの都合のいい傀儡《かいらい》になる「お飾り」だ。

黙っていると、ボードワンは機嫌を取るようにいっそうにこやかに言った。

「無論、お気に召さなければほかのアルファもご用意いたします。ノア様は王であらせられますから、後宮に幾人か、お気に入りの者を住まわせてもかまわないのですよ」

「ノア様も、つがいとなるアルファが見つかればご安心でしょう」

別の貴族も言い添えて、ノアの返事を待つように見つめてくる。彼の言葉をわかりやすく翻訳するなら、首を噛まれろ、ということだ。所有痕を残されれば、長く残るその傷が消えない限りは、オメガもほかのアルファには発情しない。

(そんなにオメガの王が疎ましいか)

誰ひとり女性をすすめないのがまた腹立たしい。夫などいらないと跳ねつけてもよかったが、いずれ後継は作らねばならない。男としては普通に貴族の娘か他国の姫君を娶《めと》りたいが、オメガと女性では、子を生《な》すのに時間がかかると聞いたことがあった。

それに、今から強硬な態度を取っても反発を買うだけだ。ひとまずは従順に夫を受け入れるふりをして、子種を絞り取ったら離婚すればいい。

（……どうせ、一生オメガの王の夫でいたいと思うアルファなんているわけないからな）

王の伴侶である以上、ほかの女性と遊ぶこともできないのだ。クロヴィスだって、今は野心に溢《あふ》れてノアの夫になろうとしているのだろうが、ノアは権力を譲り渡す気も、贅沢《ぜいたく》や淫遊《いんゆう》を許す気もなかった。

王は自分だ。

必ず善き王となり、よかった、と安心してもらうのだ——オメガに産んでごめんなさいと、泣いて詫《わ》びていた母に。

ノアは玉座から立ち上がった。

「わかりました。クロヴィスを第一の夫候補として認めます。早速本日からつとめを果たしてもらいますので、そのつもりで。時間が惜しい、皆もすぐに朝議の間に移動してください」

「恐れながら、本日の御前会議はございません」

ボードワンが恭しく頭を下げた。ノアはむっとして振り返る。

「ない、とは？」

「文字どおりでございます。本日から十日間は、このクロヴィスと親交を深めていただきます。一日も早く伴侶を決め、婚約だけでも発表すれば、国民にとってはなによりの慶事でございます。瑣末な事案はわたくしどもにおまかせくださいまして、ノア様はゆっくりと品定めに励んでくださいませ」

「……つまり、十日も私を締め出すというわけですね」

そこまで邪険にされるのかと、ボードワンを睨《にら》みつける。大仰《おおぎょう》に首を横に振る仕草さえ腹立たしかった。

「滅相もございません。もちろん大事があればご報告さしあげますし、十日というのは、ノア様が発情期を迎えられてもいいようにと、一同で協議して決めたことでございます。ノア様には今までお近くにアルファがおりませんでしたから、まだ発情されたことがございませんでしょう。場合によってはお身体の火照《ほて》りがなかなかおさまらないかもしれません故……ノア様も、もっとお休みがほしいお気持ちになられるかもしれませんよ」

そばにアルファをはべらせて、さっさと発情しろ、ということだ。口の端に浮かんだ笑みはいやらしげで、ノアは恥辱《ちじょく》に染まった顔を背けた。

「では、いつ復帰するかは私の体調次第で決めていいということですね。三日で戻りますから、そのつもりで」

言い捨てて、ノアは玉座の間を出た。すばやく斜め後ろについた侍従のマティアスが、「お庭へ」と促す。

「クロヴィス様が庭でお待ちになるそうですので、散策とお茶をご一緒にお過ごしください」

「――朝聞いた予定とは違いますね」

「書記長が、先に言えばノア様がお怒りになるだろうから、言うなとおっしゃったんです。宰相様は……失礼、元宰相のサロモン様は渋い顔をしてらしたんですけど」

「……そういえばさっき、サロモンがいませんでしたね」

宰相を解任したから、臍《へそ》を曲げたのかもしれなかった。解任されたとはいえ、朝議にかかわる貴族の一人であることは変わりないのに、ずいぶんな態度だとノアは思う。いつもにこやかな好々爺《こうこうや》といった雰囲気だが、ノアはサロモンを信用していなかった。彼も、「ノアがオメガでなければ」と口にする王に賛同していたからだ。

王になるまでは一度も朝議に出たことがなかったノアだが、サロモンともう一人、書庫管理長の男は職務怠慢《たいまん》だとわかっていたから、即位と同時に解任を言い渡していた。

「書記長が、解任された人間は大事な場に出てくるなと言ったみたいですよ」

「私の言うことよりもボードワンの言うことを聞いたわけですか。でしたら、サロモンには今後は朝議にも出なくていいと伝えなさい。私の夫選びにかかわっておきながら、職務怠慢です」

「——ご命令でしたら伝えますけど」

マティアスは不服そうに唇を尖《とが》らせる。

「ノア様、サロモン様にばっかり厳しくないですか？　僕はボードワン様のほうが好きじゃないですけどね。あの人、ノア様を馬鹿にしてるじゃないですか」

支度の間の鏡の前に座って、ノアは鏡ごしに一番身近な臣下を見つめた。

「たしかにボードワンは私を馬鹿にしていますが、そのことを隠しません。サロモンみたいに裏でこそこそされるよりはわかりやすくていいでしょう。書記長として、税の取り立ての仕事はよくやっていると、父上もおっしゃっておいででした」

ボードワンに好感が持てなくとも、王たるもの、私情で動くべきではない。

「まあ、ボードワン様は先王の再従兄弟《はとこ》でいらっしゃいますしね。疎かにできないのはわかりますけど」

「マティアス。王は私であって、おまえではないでしょう」

まだ不満げな侍従にそう言うと、彼は「わかってます」とため息をつき、櫛《くし》を手にした。

つい二十分前にも整えた髪を、また梳《と》かれる。幼少期に遊び相手も兼ねてつけられたマティアスは、いまいち敬意に欠ける態度なのだが、ノアは彼が嫌いではなかった。ベータの彼は決して、ノアがオメガであること――蜜香のことも、口には出さない。親しみを持ってくれているのがわかるから、ありがたい存在だった。

(……私だって、私自身が嫌いなのに)

ノアは鏡を見つめた。

襟足《えりあし》にかかる長さの淡い金色の髪はさらさらと癖がなく、いかにも儚《はかな》げだ。白い肌にほんのり色づいた頬《ほほ》、潤《うる》んだような琥珀色《こはくいろ》の瞳、細い顎《あご》――どれを取っても、よく言えば繊細、悪く言えば頼りなさそうに見える。容姿だけでもいかにもオメガ的だが、近くに寄れば特有の、果実のような蜜香が放たれているとわかるだろう。忌まわしい匂いは、いくら周囲に花を飾っても消すことはできない。

いつからか、この匂いを嫌って、母も父もノアのそばには寄らなくなった。世継ぎとして生まれたのがノアだけでなかったら、両親は迷わずノアを修道院送りにしただろう。

臣下も、国民も、誰ひとり望まないオメガの王。

オメガはそれほど、不自由で恥ずかしい性なのだ。

この世には二つの性分類がある。ひとつが外見的にもわかりやすい男女の区別。もうひとつが、生殖に関する特殊性で呼び分ける「バース」だ。

バースはアルファ、ベータ、オメガの三種類で、ベータとはバース上の特徴を持たない者をさす。人口の九割を占める彼らは普通の男女以外の機能を持たないが、アルファとオメガは違う。

アルファは、本人が男女どちらであっても、女性またはオメガを妊娠させることが可能な性。

オメガは男性にのみ現れるバースで、男性機能があると同時に、相手がアルファの場合には妊娠が可能な性である。

アルファとオメガは互いに影響するフェロモンを持っている。

アルファのフェロモンは常時発散されており、オメガはそれを敏感に察知できる。衣服に残った匂いからだけでも相手を特定でき、常にアルファがそばにいて、そのフェロモンに晒《さら》され続ければ、発情して妊娠が可能になる。発情期にはオメガもたっぷりとフェロモンを出し、アルファもまた、それによって発情するようになっている。

オメガの身体でなによりノアが恥ずかしいのが、蜜香と呼ばれる体臭だった。

蜜香はフェロモンを拡散させ、アルファに嗅がせるためのものと考えられているのだが、発情期だけでなく、普段から甘い花か果物のようにほのかに香る。フェロモンはアルファにしか作用しないが、この体臭はベータにも嗅ぎ取れるため、近くにいれば誰でも、相手がオメガかどうかわかるのだ。

隠せない匂いは、獣《けもの》のように性的に昂《たかぶ》る時期があり、男の身体でありながら雌《めす》のように悦《よろこ》びを求める身体だと喧伝《けんでん》しているも同然だ。

だから昔から、オメガは淫らでよくないものとして忌避《きひ》されてきた。貴族の子息がオメガとして生まれれば、愛人になるか、修道院に入るかしかない。市井《しせい》に生まれたオメガなら、故郷に住めずに定住しない薬売りや旅芸人になったり、春をひさいで生活したりする。

それでも迫害されないだけましで、数百年前の異国では、奴隷《どれい》として扱われていたこともあるそうだ。数の少なさから、愛玩《あいがん》用として高値で取引されていたらしく、忌避される一方で高価な商品にもなるのかと、ノアは皮肉に思ったものだ。

対してアルファは一般的に見目がよく、健康的で体力が優れているだけでなく、知性の面でも優秀で、他人を従えるような強い魅力がある。

わかりやすく言えば、すべてにおいて優れていて、歓迎される存在がアルファ、美しいが淫らで劣っていて、疎まれるのがオメガ、ということだ。

それを象徴するのが、アルファがオメガに残す所有痕だった。

アルファが気に入ったオメガの首筋を噛むと、噛まれたオメガには三年から七年ほど消えない傷が残る。そのあいだ、オメガは噛んだアルファ以外のフェロモンで発情することはないため、そのアルファ「専用」のオメガになるという意味で、傷は所有痕と呼ばれていた。所有痕をつけたアルファとつけられたオメガは「つがい」と称されるが、制約ができるのはオメガだけだから、実質は隷属であり、主従関係だとノアは思う。

それでも近年は、アメロンシエ王国とも隣接するシュテティーア帝国が、オメガもベータと変わらない扱いをするようになり、芸術や商いの分野で活躍するオメガも多くなったことから、大陸のほとんどの国でオメガの扱いが変わってきた。

農業中心ののんびりとした小国で、あまり変化を好まないアメロンシエでも、だからこそ、ノアが王に即《つ》くことができたのだ。

だが、いまだに生まれた男の子がオメガだとわかると、がっかりする親は多い。

ボードワンをはじめ貴族たちがオメガの王を歓迎していないのはわかっている。国民も、前例のない事態に不安を覚えているだろう。

ほかに子供はないからと、ノアを王太子にし、次の王と定めて亡くなった父でさえ、母や宰相に向かって「オメガでなければ」とこぼしていた。母に至っては、後継をオメガに産んでしまって申し訳ないと気に病んだあまり、現在は王城の小さな塔で、床に伏せる日々を送っている。

それほど恥ずべき存在だとしても、ノアはせめて母には、病気から回復してほしかった。

顔を見せればせつなそうにされるから、見舞いもめったにできない母を脳裏に思い浮かべて、ノアはできるだけ毅然《きぜん》と顎を上げた。

父とは結局、どこかぎくしゃくしたまま永遠の別れを迎えてしまった。母には、オメガだけれど十分に誇れる王だと思ってほしい。

鏡ごしに目があったマティアスが笑いかけてくる。

「ノア様、緊張してます？　表情が硬いですよ」

「――緊張なんかしていません」

「やっぱり初めてって、失敗しないか緊張するものですよね。でも、クロヴィス様はお上手だから選ばれてるんです、大丈夫ですよ。ノア様は任せてくつろいでいれば、初夜なんて楽勝です」

悪気のない笑顔を、ノアはじろっと睨んだ。

「だから緊張してないと言っているでしょう。私は初夜の心配などしていません」

王の初めての相手は――通常は女性なわけだが――夜の営みについて具体的に教える役目も担っている。だがノアは、今夜そうした行為をすることに神経質になっているわけではない。

「彼に対しても、私が王だとわからせ、敬《うやま》わせたいだけです」

マティアスが耳飾りをつけるのを受け入れつつ、ノアはぐっと顎を上げた。

「たとえ相手が誰でも、侮《あなど》るような真似はさせません」

「それもノア様なら大丈夫ですよ。……うん、とっても綺麗です」

宝石をつけたノアを、マティアスは満足そうに眺めてくる。ノアは黙って立ち上がった。

向かないといわれる武芸にも励んでそれなりに身体は鍛えているし、勉強も手を抜いたことはない。目もあてられないほど無能ではない、という自負はある。けれど、一度でも失敗したり、弱みを見せたりすれば、「やはりオメガだ」と失望されるだろう。

だからなにごとにつけても、王らしく、人より優れていると思わせ、納得させねばならない。次の世代に国を譲るまで、いかなるときも、ノアは戦わなくてはならなかった。

（まずは種馬相手だな）

庭へと下りる階段の下には、すでにクロヴィスが控えていた。振り仰いだ彼が笑みを浮かべ、ノアは渋面《じゅうめん》になった。

たしかにクロヴィスは顔がいいのだろう。いかにも男らしいし、表情も目つきも色っぽい。二八歳はまだ若者の域だが、落ち着いた物腰は年齢以上の貫禄《かんろく》を醸《かも》し出していた。だが、微笑《ほほえ》みかければ相手がうっとりすると思っていそうなところが癪《しやく》に障《さわ》るし、こういう男ならばノアも気に入るだろう、と貴族たちが考えたことも気分が悪い。

(だいたい、普通は二十歳までには妻を迎えるものだろう。二八にもなって独り身なんて、よほど性格に難があるんじゃないのか?)

不機嫌さを隠さずに階段を下りれば、クロヴィスのほうが圧倒的に背が高いとわかって、余計に苛立《いらだ》ちが募った。ノアは一六七センチメートルほどで、オメガとしてはこれでも低くないのに、クロヴィスときたら、一九〇はありそうだ。近衛騎士の礼服に包まれた体軀も厚みがあって、鍛えても筋肉のつかないノアは歯軋《はぎし》りしたくなる。

直視できずに顔を背けると、クロヴィスは侍従のように斜め後ろに付き添った。

「先にお茶になさいますか? それとも、少し歩きましょうか」

「歩きます」

短くこたえて、ノアは緑の中に敷かれた石畳の小道をたどった。折しも庭は花盛りだ。野薔薇《のばら》に林檎。オレンジ、イヌビワ、サンザシ、ニワトコ。清潔な香りが心地よい。一人での散歩なら目を閉じて楽しむのだが、ノアは気がゆるんでしまわないよう引き締めて後ろを振り返った。

「初めに言っておきますが、私の夫になったからといって、いい思いができると考えているなら、今すぐ諦めてください」

きつい口調に、クロヴィスはいくらか驚いたようだった。じっと見下ろされ、睨み返すと、苦笑するように唇の端が上がる。

「あなたの夫という立場自体が、十分いい思いですが」

瞳には面白がるような光が浮かんでいて、ノアは呆《あき》れて言い返した。

「本気でそう思っているんですか？　ボードワンたちがおまえを選んだのは、弱小貴族の次男のアルファで、御《ぎょ》し易《やす》いと考えているからですよ」

「そう考えている方たちもいるでしょうね」

「……傀儡の立場でも、贅沢ができるとか思ってます？　あいにく私は質素を心がけています。夫になる相手にも、同様の生活を送っていただきます。後宮にほかの女性を連れ込むような真似をすれば即追放ですし、子種以外に用はありませんから、後継ができたあとには離婚します」

「お一人で子育てするつもりですか？」

「どうせ育てるのは私じゃない」

踵《きびす》を返し、ノアはアーチをくぐった。たっぷり咲いたジャスミンが髪に触れ、粉っぽく甘い香りが降りかかる。これで多少は蜜香がごまかせるだろうと、ノアは蔓《つる》を一筋手折《たお》った。胸に抱えて目を閉じる。

このまま、後ろから抱きしめるように言うのだ。アルファのフェロモンをどれくらい嗅ぎ続ければ発情するか知らないが、とっとと発情して終わらせて、クロヴィスとは二度と会いたくなかった。もし発情できなければ、役立たずだと言って放り出せばいい。

けれど口をひらく前に、すっと髪を摘まれる感覚があって、ノアはぎょっとして振り返った。

「失礼。小さな蜘蛛《くも》がついていました」

クロヴィスはノアの目を見つめて微笑み、指からぶら下がる銀色の蜘蛛を、近くの葉に乗せた。

「今日のノア様には幸運がありそうですね」

農業国のアメロンシエでは、蜘蛛は身近な益虫として親しまれていて、気づかないうちに身体についているとその日は幸運が訪れる、という言い伝えがあった。だが、どうやら迷信らしい、とノアは小さく震えた。幸運どころか、不運まみれな一日だ。

「……おまえは、一度ならず二度までも……か、勝手に人に、」

怒りで声が上ずって、手にしていたジャスミンを投げつける。

「オメガなら、アルファの自分が少し優しくすれば舞い上がって好きにできるとでも思っているんですか？　この——無礼者！」

睨みつけた目が潤みそうだった。急に激昂《げっこう》したノアに、クロヴィスは困惑したように眉根を寄せる。

「気に障ったなら謝ります。蜘蛛に気がついたから、つい——」

「つい？　つい触ってしまったって言うんですか？　八年前も？」

絶対にそんなはずない。あの日、いならぶ貴族は皆、あれがオメガの王太子だと、値踏みするような目をしていたのだ。クロヴィス本人も、笑って言った。噂《うわさ》の王子様がどんな方かと楽しみにしていたが、「期待以上」だと。

「どうせ、触れれば発情して蜜香も強くなる、淫らな存在だと思っているんでしょう。発情させてしまえば愉《たの》しめる身体かもしれないって、また『期待』していますか？」

「――八年前のことは覚えておいでなんですね」

クロヴィスはため息をつく。当たり前です、とノアは肩をそびやかした。

「あんな屈辱、忘れるわけがないでしょう。――気分が悪いので部屋に戻ります」

「待ってください」

頼んでくるのを無視して彼の脇をすり抜け、来た道を戻ろうとすると、ぐっと腕を掴まれた。途端、ぶわりと身体ごと包まれるような錯覚に襲われて、ノアは立ち尽くした。

――匂い。

胸の奥をくすぐるような、脳まで染みわたるような……あたたかさを帯びた、えも言われぬ匂いだった。あのときと同じだ、と悟って目眩《めまい》を覚え、ノアは咄嗟に、きつく目を閉じた。


八年前、二月の雪の降る日に、ノアの十歳の誕生日を祝う宴は催された。

王のたったひとりの子供として、王太子でありながらオメガのノアは、幼いうちからアルファと接触しないよう、公の場に出さずに育てられてきた。オメガは一般的に、小柄だが身体的な成熟は早いと言われているからだ。万が一にも間違いがあっては困ると、侍従はもちろん教育係や料理人までが、慎重に選ばれていた。

だが、節目となる十歳の誕生日は、庶民でさえ盛大に祝うのがしきたりだ。王族や貴族ならば、社交界へ参加し、結婚相手の選定に入る年齢でもある。不安がる王妃を説得し、王は息子の成長を祝うとともに、王太子のお披露目をかねて宴を催したのだった。

とはいえ、貴族の中にはアルファもいる。なるべく蜜香が目立たぬよう、たっぷり花と果物を用意して、普通は行われるダンスもせず、談笑は限られた相手のみ、と決められていた。かわりに壇上から、王太子として集まった皆に挨拶をするようにと言われ、ノアは初めての「任務」を、なんとしても成功させようと意気込んでいた。

勉強はできる。剣も弓も、筋がいいと褒められている。聡明な王子だと教師たちは口を揃《そろ》えるけれど、彼らの本音が違うことを、ノアは知っていた。

勉強の間にノアが入る前。父と貴族らが話しているとき。庭の向こう、使用人たちの使う通路で立ち話をする侍女たちでさえ、みんな言うのだ。

オメガにしては出来がいいそうだけど、オメガでなければもっとよかったのにね、と。

母がそういう周囲の視線をひどく気に病んでいるのも知っていたし、父が後宮に通っては、なんとかもうひとり王子をもうけられないかと頑張っているのも知っていた。だが結局、弟はできないままだ。もともとノアが生まれるまでも時間がかかったらしく、城内に諦めの空気が漂っているのを、肌で感じていた。

歓迎するのではなく、落胆しながら仕方なく受け入れているのが、自分という存在だ。

多少出来がよくても、所詮《しょせん》はオメガ。その不名誉な評価を覆せる機会が、今日の宴だった。

けれど、大広間へと足を踏み入れたノアは、見たこともない人の数にまず圧倒されてしまった。いっせいに集まった視線は刺さるようで、父に促されてやっと、自分が立ち竦《すく》んだことに気づく有り様だった。

登場から失敗してしまったから、挨拶だけは完璧にこなそうと思ったのに、緊張が悪いほうに作用して、ノアは二回も言い間違えた。暗記した文言を言い終えるころには羞恥《しゅうち》と後悔で倒れそうだった。よかったよ、と褒めてくれる父の声はそらぞらしく、順番に挨拶に来る貴族たちの笑みには、嘲《あざけ》りが滲《にじ》んでいるように思えた。

ひととおりの挨拶がすみ、少し庭で休んでおいでと言われ、気遣われていることにも傷つきながら、ノアは冷えきった庭に出た。不安げに後ろをついてくる侍従のマティアスに、一人にするよう命令して、生《い》け垣《がき》を回り込む。

一年中花と果物にあふれたアメロンシエも、二月は寂しい。わずかにヒメイチゴの花が残っていて、その木陰に身を寄せると、どっと涙がこぼれた。

せっかく父が用意してくれた場で失敗してしまった自分が悔しい。きっとみんな、「やはりオメガだ」とがっかりしているだろう。あれこれと褒めてくれる教師たちや父の言葉はただの贔屓目《ひいきめ》かおべっかに過ぎず、実際は至らない、頼りない存在なのだと思われたはずだ。

(あんなに練習したのに……っ)

きっと、手足が震えていたのも見抜かれた。

唇を噛んでも嗚咽《おえつ》が漏れて、ノアは両手で顔を覆った。これでは目が腫《は》れて、広間に戻ったときにいっそう恥ずかしい思いをするのに、どうしても涙がとまらない。

惨めで、悔しくて、深く俯《うつむ》いたときだった。

「失礼いたします。どこか痛くなさいましたか？」

木の葉が揺れたかと思うと、見慣れぬ人影が現れて、ノアはびくっと震えた。礼服に身を包んだ若い貴族で、どうしてここに、と混乱してしまう。庭には誰もいないから、父が休んでおいでと言ったのだと思ったのに——しかも、この人は匂いがする。

あたたかく、陽だまりを思わせる匂いだ。胸の奥が痛いような、深い場所まで沁《し》み込んでくるような。冷たい空気の中で、その匂いはまるでノアを癒すかのようで、緊張しなければいけないのに、どうしてか力が抜けた。

言葉を発せられないまま見上げた相手は、眉をひそめるとノアの頬に触れた。

「こんなに泣いて、どうかされましたか？」

指も、匂いと同じくらいあたたかい。優しく涙を拭われ、乱れた前髪を直される。覗き込んでくる瞳は深い森か湖を思わせる蒼色で、冷たいはずの色が不思議と穏やかに感じられた。

それに、なんて優しい触れ方だろう。

「涙、とまりましたね。……目はこぼれそうですが」

口の端をわずかだけ上げて微笑んだ男が、大きく見ひらいたノアの目尻を撫《な》でた。呆然《ぼうぜん》としたまま受け入れてしまってから、ノアはどうにか身を引いた。

「ぶ……無礼です。私は王太子ですよ」

言ったものの、我ながら威厳のない声だった。恥ずかしくて唇を噛むと、相手はふっと身体を沈ませた。

「存じ上げています」

冷えた地面にためらいなく片膝をついた男は、笑みをたたえたまま、蒼い瞳で見上げてくる。

「宴に参加させていただいたのですが、王太子殿下にご挨拶する栄誉は賜《たま》われませんでしたので、庭に出ていたのです。このまま失礼しようかと考えていたら、殿下がいらして……おつらそうな様子でしたので、つい声をかけてしまいました。どうぞお許しを」

少し厚めの唇がなめらかに動いて低い声を紡ぎ出すのが、不思議なもののようだった。こんなに艶やかな声を、ノアは聞いたことがなかった。それに匂いも、何度も吸い込みたくなるような心地よさがある。

心地よいのに、見つめられていると落ち着かない。鼓動が速くなって、ノアはこくんと喉《のど》を鳴らし、視線を逸らしたくなるのをこらえた。

「今日は宴の日ですから、特別に許します。そのかわり……その、私が……な、泣いた、ことは、決して口外はしないように」

「命にかえても口外しないとお約束しましょう」

言いつつ、男の表情がどこか楽しげなのが屈辱的だった。忠実なふりをしても、この男もノアのことを蔑《さげす》んでいるのだろう。ずんと胃のあたりが重くなり、ノアは身体ごと横を向いた。

「どうせなら皆はっきり言えばいいんです。未来の王がオメガだなんて願い下げだと」

「俺——私はそうは思いませんが」

「宴を中座して庭に逃げて、そのまま帰ろうとしたくせに？」

「帰ってもいいと思ったのは満足したからですよ。教育係も、お側仕えの者たちも、殿下のことは口を揃えて褒めているると噂でしたので、どのような方かと、今日を楽しみにしていましたが、立派なお姿に感服いたしました」

「……がっかりしたの間違いでしょう。あんなみっともない挨拶」

「いいえ。初めて大勢の大人に囲まれたというのに、毅然とされているのは頼もしかったですし、なにより挨拶の内容は見事でした。緩急のある言葉選びも素晴らしいし、両陛下への敬愛も、ご自分の立場への自負も、感じ取れなかった者はいないでしょう。全部ご自身で考えられたと聞いて、皆感服していましたよ」

お世辞には聞こえない真摯《しんし》な口ぶりに、ノアは思わず振り返ってしまった。

「ほ……本当？　震えたりして、がっかりしなかった？」

「緊張するのは、それだけ責任を感じておいでだからでしょう。十歳の子供が緊張するのを、馬鹿にする者はいません」

真面目な顔をした男が頷いてくれ、よかった、とため息が出る。

一生懸命、考えたのだ。どんな内容がいいのか助言をもらい、何度も言葉を選び直して、話し方も視線の向け方も練習した。だからこそ、失敗してしまったのが泣くほど悔しかった。

「僕、父様たちを悲しませてしまったんじゃないかって思って……」

ほっとして素のまま喋《しゃべ》りかけ、慌《あわ》てて咳払《せきばら》いした。ぺち、と頬を叩《たた》いて、背を伸ばす。

「お、おまえにも伝わったなら、よかったです」

なるべく冷静に聞こえるよう言いながら、こういうときはどうすればいいのだっけ、と考える。ノアと挨拶する相手に選ばれなかったなら、褒美として、名前を聞けばいいだろうか。

「ノア様は、きっと陛下にとっても期待以上のお世継ぎでしょう」

静かに男が立ち上がる。背が高いなと、改めて思った。武芸が得意なのだろう、礼服の上からでも、恵まれた体躯だとわかる。ふわりとした目眩を覚え、ノアは訊《き》いた。

「……おまえの期待にも、背きませんでしたか？」

「もちろん、期待以上でした」

優しげに微笑んだ男は、ノアを見つめて続けた。

「あなたは、誰より美しい」

横から張り飛ばされたみたいに、一瞬、わけがわからなくなった。

（……美しい？）

それは、いかにもオメガらしい見た目だ、という意味だろうか。顔なんか、褒められてもちっとも嬉しくないのに。

直前まで立派だと褒めてくれていたのに、と呆然として、ノアはやっと気づいた。

この匂い。凛々《りり》しい見た目と整った顔。この男は、アルファなのだ。

オメガを淫らな生き物に変える、圧倒的に優れた存在の褒め言葉など、真に受けることはできない。

結局、この男も「オメガにしては」上出来だ、としか考えていないのだ。

嬉しかった気持ちが砕け散る。震えが足元から這《は》いのぼり、ノアは男に背を向けた。

「広間に戻ります。――おまえは咎《とが》められないうちに帰ればいい」

一秒でも早く、彼から離れたかった。自分がひどく卑《いや》しい存在に思えて、髪をかきむしりたくなる。触れてくる手や匂いを心地よいと感じたことも、見えすいたお世辞を本心だと思ったことも恥ずかしい。

早足で来た道を戻り、所在なげに待っていたマティアスの元にたどり着くと、頭の中も胸の内も燃えるように熱かった。羞恥と後悔と怒りがないまぜになり、絶対に許すものか、と誓う。

ノアは王になるのだ。王になって、あの男も――この世のアルファすべてを、感服させ跪かせてみせる。

強い喉の渇《かわ》きに胸元をゆるめようとして、ノアははっと身を起こした。いつのまにか、寝台の上にいる。上着は脱がされて薄い衣一枚で、にもかかわらず汗が浮くほど身体が熱い。庭にいたはずなのに、と額を押さえると、ベッドを覆う絹幕が持ち上がって、クロヴィスと目があった。

「よかった、気づきましたね。大丈夫ですか？」

「……まさか、私は気絶したんですか？」

庭でクロヴィスに腕を掴まれたあとの記憶がない。よりによってこの男の前で、と顔をしかめると、クロヴィスは居心地悪げに視線を逸らした。

「少し刺激が強すぎたみたいですね。俺もまさか、今日発情されるとは思いませんでした」

「発情？　なにを馬鹿な――」

侮辱する気かと声を荒らげかけ、ノアはいやな予感に口をつぐんだ。薄い上掛けに隠された下半身に違和感がある。窮屈に感じる股間は、おそるおそる見ると腫《は》れたみたいに膨《ふく》らんでいて、すうっと血の気が引いた。

起き抜けでもないのに勃起している。それがどういうことなのか、きちんと教わったから理性ではわかる。身体が変に熱いのも、発情しているためだ。身じろげば尻がむずりと疼《うず》いて、ノアは咄嗟に言った。

「出ていってください」

認めたくなかった。これは屈辱感に腹を立てたせいで、しばらくじっとしていれば治るはず。

「ひとりにして」

「そういうわけにはいきません。オメガの発情は、アルファが相手をしないと鎮まらないものだと、ノア様もご存じでしょう」

寝台に、クロヴィスが上がってくる。彼もすでに上着を着ていないと気づいて、ノアは喉がひりつくのを感じた。だめだ。匂いがする。アルファのフェロモン――それに自分の蜜香が混じって、おかしくなりそうだ。

顔の脇に手をつかれて見上げると、クロヴィスの目は、さきほどよりも暗い色をしていた。深い蒼。

発散される体温とフェロモンが強烈で、目眩がする。――クロヴィスも、ノアの発情に当てられて興奮しているのだ。

虚勢を張るだけの余裕もなく、小さく声がこぼれた。

「……い、やです。……いや、」

「俺が夫になるのはいやですか」

クロヴィスは耐えるようにぐっと眉根を寄せた。長い指が、震えるノアの唇に触れてくる。

「俺はずっと、もう一度あなたに会いたいと思っていましたよ」

言われて、痛いくらいに肌がびりびりした。

(やっぱり……あのときも、オメガとしてそういう目で見られていたんだ)

美しいと言われたのだから、淫らに見えたのだと知ってはいたが、改めて思い知らされるのは苦痛だった。あっけなく発情してしまった自分が情けない。よりによってこんな男相手に、たった一度で発情したなんて――どれだけ皆に笑われるだろう。

「私は会いたくありませんでした」

毅然としなければと、クロヴィスを睨みつける。だがクロヴィスは優しく微笑み返した。

「では、これから好きになっていただきます」

欲情しているだろうに、落ち着いて自信のある声だった。

「……オメガなら、いやでもアルファに心惹《こころひ》かれるものだとでも言いたいんですか？」

「いいえ。俺はただ、あなたに好かれたい」

指の腹がそっと唇を撫でた。

「八年前に初めて会ったとき、この方ならずっとそばにいてもいい、と思いました。俺が支えになれたらと、生まれて初めて感じたんです」

誠実そうに聞こえる声に、ノアは顎を引いた。あのときもそうだった。たくさん褒めてくれて安心し、心を許しかけたら「美しい」と言われたのだ、騙《だま》されるものか。

だが、無礼にも顔に触られているというのに、力が入らない。

「ほかのアルファにあなたの一番近くの座を譲るのは絶対にいやだった。だから努力しました。いずれあなたの伴侶が選ばれる日が来たら、その資格が持てるように」

「そんなの、おまえが勝手にしたことでしょう」

「ええ、わかっています。でもノア様は、さきほど、許すと言った。夫の候補として認めると」

細められた瞳には熱っぽい光が浮かんでいた。まるで獣だとノアは思う。ノアを喰い散らかす肉食獣みたいに、微笑みまでが獰猛《どうもう》に見える。

「そのうえで俺の匂いで発情したんだ。一度くらいは、アルファとしてのつとめを果たさせてもらってもいいはずだ。俺はあなたに触れる権利を、自分から手放す気はありません」

(——ほら見ろ。結局、抱きたいんじゃないか)

アルファにとって、自分に発情して乱れるオメガを意のままに抱くのは、さぞ優越感が満たされる行為なのだろう。

ぐっと歯を食いしばると、クロヴィスはノアの唇に触れるのをやめた。

「ですが、気が変わってどうしても受け入れられないと言うなら、無理強《じ》いはできません。――どうしたいですか？」

殊勝なふりをするクロヴィスに、夫候補失格だ、と言うのは簡単だった。けれどどうせ、いずれかのアルファから子種を取らねばならない。あるいは、都合のいい娘を自分で見つけるか。

マティアスに言って年ごろの娘を探させよう、と決心しながら、ノアはクロヴィスを見返した。

「どうしてもと望むなら、私に子種を捧げる栄誉は与えます」

「ありがとうございます」

「ただし、私を抱くのは許さない」

「……許していただけないんですか？」

クロヴィスの目が驚いたように見ひらかれるのは、少し気分がよかった。ノアはできるだけ冷たい言葉を選ぶ。

「用があるのはおまえではく、子種です。出したらさっさと下がりなさい」

「……抱かせていただかないと、子種の捧げようもありませんが」

「私が子を孕《はら》む理屈も知らないと思っているんですか？　子種が体内に入ればいいんですから、自分で中に塗ります。おまえと蜜を結ぶより、そのほうがずっとましです」

時間だけは山ほどあったから、生殖についても勉強した。アメロンシエでは果実が豊富に実る。甘い実がなることを「蜜を結ぶ」と表現することから、子作りのために身体を重ねる行為も、蜜を結ぶ、と言うのだ。

つんと顎を上げれば、クロヴィスはしばらく無言だった。ここまで拒絶されるとは思っていなかったのだろう。アルファというのはおめでたいなと思いながら、ノアは言ってやった。

「不服ならこのまま下がってもかまいません」

「——いえ。もちろん、つとめさせていただきますが」

ため息をつきかけたクロヴィスが、耐えかねたようにふっと笑みを零《こぼ》した。そうすると無駄に色気のある顔が、ぐっと親しみやすく見える。場違いにも感じられる笑顔に、ノアは顎を引いた。

「なにがおかしいんです？」

「いいえ。思ったよりも強情な方だなと」

不届きなことを嬉しげに言ったクロヴィスは、手を伸ばしてノアの頬に触れてくる。慈しむような眼差しが向けられ、ノアは無意識に喉を鳴らした。

クロヴィスの纏《まと》う雰囲気がさっきまでと違う。二人のあいだの空気が急に質量を持ったような気がして、触られても逃げられない。蒼い瞳に見つめられたところは小さな火がともるようで、肌がちりちりした。

あたたかい指先でそっと唇をたどったクロヴィスは、顔を寄せて囁《ささや》いた。

「ただ、それだとノア様の発情はおさまりませんよ。オメガのそれを鎮められるのはアルファだけだって、知らないわけじゃないでしょう」

「べ……べつに、挿入しなければおさまらないとは聞いていません。発情も生殖のための仕組みなのですから、子種さえあれば十分なはずです」

「可能性は否定しませんが、念のため、奉仕はさせていただきます」

「……っ」

耳にかるく唇が当たり、ぞくん、と震えが走った。鼻腔の奥に、クロヴィスの匂いを感じる。身体の芯から力が抜けていく、ぬるい、不思議な匂い。決して強烈ではないのに、まとわりついたら最後逃れられない蔦のように、ノアの内側を這う匂いだ。

クロヴィスはノアの胸元の釦《ボタン》を外しはじめた。服を他人が脱がせるのは当たり前のことだからなんともないはずが、なぜだか不安で、ノアは膝を立てた。

「ほ、奉仕とは？」

「奉仕は奉仕です。大丈夫、痛い思いはさせませんし、挿入もしません。——子種はどこに出します？」

サスペンダーとウエストの釦も外され、ズボンを下ろされる。脚から服が抜かれ、下穿《したば》きにも手がかかるとざっと全身が粟立《あわだ》った。勃《た》ってしまったものは見られたくない。だが、恥じらうのも弱みを晒す気がして、言葉にはできなかった。

「そ……挿入しないなら、どこでも」

うまくできるだろうか、と緊張で耳の奥が痛む。失敗はできない。あくまでも威厳を持って、快楽には溺《おぼ》れず、優位なのはノアだとクロヴィスにもわからせるのだ。これだけ努力している自分が、弱く淫らなはずがない。

丁寧に下穿きを脱がせたクロヴィスは、身体を強張らせたノアを見下ろして、わずかに顔をしかめた。

「ノア様。どうしてもいやなら、そう言ってください」

「もちろん不快ですが、これは義務ですから」

ノアは努《つと》めて冷ややかに言い返す。

「でも、おまえがやめたいなら今からでも出ていけばいい。ボードワンたちには私から伝えましょう、おまえが発情した王に尻尾を巻いて逃げたと」

「――前途多難そうです」

小さくため息をついて、クロヴィスはノアの胸に顔を寄せた。熱い唇が胸の中央に触れ、ノアはきつく敷布《シーツ》を握った。

口づけが奉仕か。たしかに、騎士は忠誠を誓うとき、主の手に口づけるから、奉仕と言えなくもない。焼けるように熱いけれど、身がまえていれば、どうということもなさそうだった。五分くらい許して、あとはさっさと出せと言おう、と力を抜きかけ、ノアはびくんと跳ねた。

「……っ、ぁ、……っ？」

ぬるっとした感触と痺《しび》れる感覚が同時に起こって、混乱してしまう。見ればクロヴィスはノアの左の乳首を口に含んでいて、離れたかと思うと舌で舐《な》めてくる。

「ッ、なにを、ぁ、……は、んっ」

背中が敷布から浮くほど、変な感覚だった。舐められた乳首は熱いようにも冷たいようにも感じ、肌の内側がざわつく。唇で挟まれると硬く尖っているのがわかり、にぶい痛みが下腹部まで走った。

「や……っ、む、胸なんか、……ん、関係ない、でしょう……っ」

「関係ありますよ。気持ちいいはずです。気持ちがいいのは、性交に役立つ行為だからです」

クロヴィスは左の乳首をねぶったまま、指を使って右の乳首も攻めてくる。根元から絞るように摘まみ上げられ、勝手に腰がくねった。

「いっ……いた、ぁ、……ん、ぅっ」

「痛みますか？　強くはしていないんですが……ころがしたほうが気持ちいい？」

「ぁっ……、や、あっ」

触れるか触れないかの強さで乳首を動かされるのも、痛いみたいに響く。ひりつく刺激に胸の深いところまでが痺れてきて、ノアはクロヴィスの肩を摑んだ。

「だめ……っ、いや、いやです……あ……あ、ぁっ」

いやだと言っているのに、クロヴィスは手をゆるめなかった。

「感じておいでなら、我慢しなくてけっこうです」

「か、感じてなんか……っん、……ぁ、んんっ」

全然気持ちよくない。ぞくぞくするし、落ち着かなくて不愉快だった。ちゅくっと音をたてて吸われると身体が反り返るくらいの嫌悪感なのに、クロヴィスは低く笑った。

「でも、濡れておいでですでしょう。蜜香がすごい」

「……ッ」

咄嗟に膝を閉じようとして、ノアは自分がだらしなく脚をひらいていたことに気づいた。いつのまにか、クロヴィスの身体を挟み込むように、立てた膝が左右に流れている。ひくん、と不随意に腰が動き、勃ちきった性器の先がクロヴィスの服にこすれた。

「――うそ、だ」

呆然と呟《つぶや》くと、クロヴィスはわずかに身体を浮かせ、ノアの股間が見えるようにずれた。ふるふる揺れる茎に指が絡み、先端へ向けてしごく。

「っく、ぁ、……や、め、……ッ」

「ほら、見えるでしょう。糸を引いてます」

丸みを帯びた先端を幾度か撫でてクロヴィスが手を離すと、透明な体液が性器から糸を引き、ねっとりと垂れ落ちた。そうしているあいだにも、小さな孔《あな》からは雫《しずく》が浮かび、幹を伝って流れていく。

「オメガと交わるときは香油を使うこともありますが、たいていはこの誘い蜜で足ります。たくさん出るこれを使って、後ろの孔を慣らすんです」

そんなことは教わっていない。

「う……嘘《うそ》をついて私を辱める気ですか」

「疑うなら、あとでマティアスにでも訊いてください。それとも、今呼んで訊きますか?」

「……ッ、ぁ、……く」

くちゅりと音をたてて先端をいじられ、ノアは喘《あえ》ぎかけて唇を噛んだ。溢れた体液がクロヴィスの指をぬらぬらと光らせている。大股をひらいてこんなことをされている自分を、マティアスに見られるのはいやだった。ノアを嫌わないでいてくれる彼に、幻滅されたくない。

「つ……続けなさい」

「では、もう少し気持ちよくなっていただきます」

クロヴィスはノアの花芯を握ったまま、再び胸に口づけた。性器の根元から先端へ向けてしごきつつ、舌で乳首をころがしてくる。胸を唾液まみれにされる感覚を意識すまいとすると、いじられる花芯への刺激が気になって、腰が跳ねてしまう。体液をこぼす粗相に似た感覚を追い出そうとすれば、吸われる乳首が過敏になって、身体中痺れるようだった。

上も下もじゅくじゅくに濡れて、熱い。腹の奥でなにかが弾けそうな予感がして、それが怖かった。

（いやだ……これ、壊れ、ちゃう）

「いいですね、たくさん出てます」

粘つく水音を休みなく響かせながら、クロヴィスが囁いた。

「そのままもっと尻を振って。我慢せず、出してしまってください」

「出すって、……んっ、なに、を、」

蜜香なら出すとか出さないとか自分で操れるものではない。それに、尻なんか振りたくない。けれど思いとは逆に、クロヴィスの手の動きにあわせて、腰が前後してとまらなかった。クロヴィスはちゅっと乳首を吸った。

「子種です。これだけ腫らしていれば、子種も出したいでしょう」

「でも……っ、あ、朝じゃないのに、……は、ん、んっ」

ぐっと陰嚢《いんのう》が締まる感覚に、思わず呻《うめ》く。ノアにとって子種とは、夜のあいだに勝手に出て、下穿きを汚しているものだ。クロヴィスは促すようにくるくると先端を撫でてくる。

「安心して出していいんですよ。ノア様がご存じでないことは聞いていますから、俺がお教えします」

「わ、私が無知だとでも……っ、ん、ぁ、……っ、ぁ……ッ」

ちゃんと勉強した。睨もうとして、ノアはびりっと走った刺激に仰《の》け反《ぞ》った。稲妻でも落ちたみたいに激しい感覚が身体を貫き、花芯から勢いよく噴いてしまう。一度ではおさまらず、二度、三度と噴きながら痙攣《けいれん》し、ノアは呆然とした。

それまで垂らしていた透明な汁とは違い、白いものが幹を伝っている。手を離したクロヴィスが、指でその白い液を撫で取った。

「これが子種です。こびりついて乾く前のは、見たことがないでしょう?」

たしかに、初めてだった。きっとマティアスあたりが報告したのだろう。王の初めての相手になるクロヴィスが、つつがなく必要な知識を教えられるように。

おまえの勉強では不足なのだ、と言われたようで、屈辱感に頭の奥がじんと焼ける。同時に、学んだ以上のことがあるのかと思うと、不安にもなった。

小刻みに震えが湧《わ》いてきて、ノアは腕を上げて目元を隠した。

「見たことくらいあります。……さっさとおまえも出して終わりにしなさい」

「ご自分で中に塗るんでしたね。では、後ろもほぐしておきましょう」

「————ほぐす?」

「指を入れなければ中に子種を塗れません。後ろの孔はほぐして慣らさないと、ノア様の細い指でも入らないと思いますよ」

淡々とした口調が、いかにも常識を教えるふうに聞こえて悔しかった。それくらい知ってます、と言うのをこらえ、ノアは命じた。

「ではそれも、はやくしてください」

「かしこまりました」

従順に返事をするクロヴィスがどんな心境なのか、落ち着いた声音だけでは量れなかった。ノアは目を覆ったまま、腰の下にクッションが押し込まれ、尻を浮かせた体勢になるのを受け入れた。すうすうと感じる後孔《ごこう》に、濡れた指が触れてくる。

「……っふ、……ぅ、」

襞《ひだ》をくすぐるような触れ方だ。慣れない感触にびくんと身体が波打ち、ノアは声を殺した。胸や花芯をいじられるよりは耐えられる。むずむずするくらいはなんともないはずだ。ただ、誰にも触れられたことのない場所を許しているというだけ。

指先が静かにもぐり込み、異物感に眉根を寄せたときも、まだ余裕があった。もしかしたら痛いかもしれないという不安はあったが、痛みなら耐えればいい。

それが、かるく指を曲げられ、内側をぐるりと撫で押された瞬間にひっくり返った。

「ぁ、あ、あ、ああっ！」

じわっと痺れるような、皮膚が崩れそうな、痒《かゆ》さにも熱さにも似た——けれどどれとも違う、初めての感覚だった。指という異物を咥《くわ》え込む感触は気持ち悪いのに、粘膜をもっといじられたくて、肌がさわめく。反応を確かめるように指が抜かれると、喪失感にきゅうっと襞が締まって、背中が反り返った。

もう一度、今抉《えぐ》ったところを触ってほしい。できたらもっと強く……もっと深いところも。

ひく、ひく、と腰を突き出してしまいながら、ノアはかろうじて意地を張った。

「も……っん、……もう、終わり、ですね……?」

「まさか。全然足りないでしょう?」

「——ッ、ぁ、……ッ、は、ぁ、あッ」

ぬっと入ってきた指が、さきほどより少し深い場所を揉んでくる。閉じたまぶたの裏がちかちかして、ノアは息をつめた。くちゅくちゅ音が聞こえる。ノアの出した体液が、尻の孔に塗り込められているのだ。太く感じるクロヴィスの指は、粘膜を探りながら少しずつ中に入ってくる。

「そ……んな、おく……っ、あ、……ん、ぁあっ」

「奥までほぐさないとしっかりひらかないんです。ノア様の入り口はきついくらい締まっていますからね。ご自分でもわかるでしょう、指を締めつけてるの」

クロヴィスは根元まで入れた指をぐるりと回した。拡張する動きに、ノアの下腹部がきゅんと疼く。言われたとおり窄《すぼ》まりはきっちりと指に吸いついているが、締まっているのになぜだか溶けそうな気がした。

(あつい……なか、が……熱い)

潤んで熱を帯びた粘膜の中、小刻みにうごめくクロヴィスの指が、鮮明に感じ取れる。もどかしいほど優しくいじられていても、また強く抉られるかもしれないと思うと落ち着かなかった。ひく、ひく、と腰を突き出してしまいながら待ち受けていると、ぐぐっと進んだ指が曲げられ、ゆっくりと内壁を揉んだ。

「――ァ、……ぅ、あ、あ、あ……ッ」

痺れるように強烈な快感が、揉まれた場所から迸《ほとばし》る。子種を噴いてしまうのに似た感覚だったが、半端に勃起した性器から漏れたのは誘い蜜だけだった。透明なそれが、クロヴィスが揉むのにあわせて、尿みたいに溢れては垂れる。

「っは、……ぁっ、く……んっ、は、ぁあ……っ」

とめたくてもとまらない。枕を両手で掴まないといられないくらい、かくん、かくん、と尻が動き、ノアはなす術《すべ》なく、下腹に蜜が撒き散らされるのを見つめた。

（こ、こんなに……こんなに、出る、なんて……っ）

「ノア様の誘い蜜はずいぶん量が多いですね。――香りも強い」

クロヴィスは目を細め、べたべたに濡れたノアの腹を見下ろした。飢えたように熱っぽい眼差しだ。喉が大きく上下するのが見え、ノアは震えた。クロヴィスからはゆらめくようにフェロモンが発散されていて、それが自分の発情のせいなのは明らかだった。このまま無体を働かれても抵抗できないだろう。それどころか――。

彼のものを挿入されたら、と考えると、どくんと心臓が鳴った。きっと痛い。でも、指でされたみたいに中を、否、もっと奥を抉られたら、それはどんなに――熱いのだろう。

「ん……、ぅ、」

どろっ、とまた蜜が溢れた。一瞬、獰猛なほどの表情を見せたクロヴィスが眉をひそめ、視線を逸らす。

「指を増やしましょう。十分やわらかくなってきましたから」

「——、や、……も、いりません……っふ、ぁ、」

かろうじて首を横に振ったものの、力が入らなかった。指が抜かれ、人差し指と中指が揃えて再び挿入されて、ノアは敷布を引っ掻いた。

「ぁ、……ッ、ぁ、あ……っ」

すでに痛みはない。埋まった指も、硬くは感じるが違和感というより、入っているのが自然なような充足感があった。ぴと、と自分の粘膜が吸いつくのがわかり、屈辱だと思う意識とは裏腹に、ねだるみたいに腰がくねる。

「ノア様は呑み込みが早いですね。もう拒まずに迎えてくれる」

クロヴィスの口調は落ち着いてはいたが、声は掠《かす》れていた。指を根元まで差し込むと、それを静かに左右にひらく。

「ほら、中もこんなに蕩けてるでしょう？」

「ッ、や、それ……だ、め、……ッ、あ、あぁっ」

ひらかれた窄まりがすうっと心許なく感じ、同時にぞっとするくらい気持ちよかった。締めつけようとするのを無理にこじ開けられ、腹の中がきゅうきゅうと疼く。背がしなり、何度も身体が波打った。

「……っ、あ、……だ、め、……や、……いや、……ッ」

「また出そうでしょう？　いいですよ、たくさん噴いて、達ってください」

クロヴィスの指は容赦なく、閉じたりひらいたりを繰り返した。再び射精感が込み上げてきて、肌が震え出す。耐えきれずに腰を浮かせると、今度はゆっくりと抜き差しされた。

「ぅ、んっ……は、……ン、ぁ、……っん、」

ッちゅ、ぬっちゅ、と音が響く。尻の中をかき混ぜられる音だ。焼け溶け、崩れてしまいそうな刹《せつ》那《な》的《てき》な快感で、頭がぼうっとした。こんなことはいやだ。いやなのに、抗《あらが》えない。気持ちいい。もっと……もっと、されたい。もっと強く、中を征服して、ぐちゃぐちゃにしてほしかった。

こんなのは、自分じゃない。

「や……、ぁ、……っ、ん、……ッア、……い、や、……ぁ、」

いじられる場所だけでなく、胸や頭の中まで蹂躙《じゅうりん》されているようだった。苦しくて、ノアはまぶたを伏せた。目尻が熱い。いやで、許せなくて、涙が出そうだ。

少しでも早く終わりにしたくて、ノアは声を震わせた。

「は、やく……っ、おまえも、……、出し、……ッ」

「――そうですね。ノア様も、もう極めてしまいそうですから」

クロヴィスの呼吸も、気づけばわずかに荒い。数秒手をとめたあと、再び動かしはじめたときには、ぐっと速度が上がっていた。

「ッ、ぁッ、……ッン、ぁっ、く、ぁッ」

「ああ、いいですね。そのまま、たっぷりこぼして……俺にあなたの香りをください」

ぐちゅぐちゅとノアを責めながら、クロヴィスはノアの下腹部に顔を近づけた。揺れる花芯に舌が触れ、ねっとりと舐め上げられる。途端にびゅっと蜜が溢れ、ノアは脳天に響く愉悦に身《み》悶《もだ》えた。

「――ッ、……ぁ、……ッ！」

気が遠くなるような快感だった。音が聞こえなくなり、四肢の感覚まで消え失せる。休まずに指を抜き差しされるのだけが鮮烈で、ノアは極めたまままさらに仰け反った。

息もできない。身体は自分のものではないように勝手にうねり、痙攣している。死んじゃう、と思ったところをひときわ強く指を突き入れられ、ノアはもう一度達した。

「……っ、……は、……、ぁ、……」

ぐったりと力をなくしたノアの上で、クロヴィスが身体の位置を変えた。腰をまたがれたかと思うと、ほどなくねっとりとしたものが腹に降りかかった。

目をひらけば、胸から腹にかけて、濃い子種が飛び散っている。深い息をついたクロヴィスが、寝台を下りながら「どうぞ」と言った。

「お望みの子種です。孔の中にしっかり塗ってください」

「……いわれなくても、ちゃんと、やります」

「上手にできないと困りますから、見ていてさしあげましょうか？」

「――これくらいできます。おまえは下がりなさい」

冷えてきたはずの子種が、肌の上で奇妙に熱い。指で拭い、クロヴィスの顔を見られないまま、ノアは言い捨てた。

「聞こえたでしょう。下がれと言ったんです」

「……では、失礼を」

礼をしてクロヴィスが寝台から離れていく。絹幕が下ろされ、部屋の扉が閉まるのを聞き届けて、のろのろと膝をひらいた。

塗りたくなんかない。でも、発情がおさまらないのは困る。やるしかないのだ。

（……これは、ただの義務的な……必要な、やむを得ないことなんだ）

内心で己に言い聞かせ、ノアはクロヴィスの白濁をまとった指で窄まりに触れた。ぬるりとすべる感覚に鳥肌が立つ。気持ち悪い。

けれど、腹の奥にはまだ、先ほどの余韻が燻《くすぶ》っていた。好き勝手にいじくり回された内側は腫《は》れたようで、悔しさに唇を噛む。

――行為が、あれほど快感を伴うなんて知らなかった。憎い相手でも我を失いそうなくらい気持ちがよかったのは、やはりオメガだからだろうか。もっと強く、と望んでしまった記憶は鮮明で、忘れられないからこそ屈辱だった。

「――二度と、させるものか」

呻くように誓って、ノアは意を決して指を入れた。塗り込めるように前後させ、抜き、胸の子種を掬《すく》ってもう一度塗る。さらに二回繰り返して、残りは上掛けでごしごしと拭いた。

泣くまいとしても顔が歪んだ。ひどい辱《はずかし》めだ。でも、王として、必要なことはきちんとこなしたのだから、恥じることはない。

何度もそう言い聞かせたが、悔しさと惨《みじ》めさを押し殺して、身体を清めるための湯を持ってくるよう命じるまでには、長い時間が必要だった。

クロヴィスは扉の外で心配そうに待っていたマティアスに、十五分ほどしてから中に入るよう伝え、王の寝室を離れた。廊下の角をひとつ曲がり、そこで壁に背を預ける。

——驚いた。

オメガのフェロモンの強力さはわかっているつもりでいたが、これほど抗いがたいものだとは。いまだに身体の芯には熱情が燻り、気を抜くと彼の元へ——ノアの元へと戻りそうになる。喉がひりつく欲望で唸《うな》りたいほどで、あのまま部屋にとどまっていれば、自制心が保たなかっただろう。できるなら朝まで共に過ごしたかったが、本能に負けることだけはしたくなかった。

重くて長いため息をつき、クロヴィスは無人の廊下を振り返った。今ごろ、ノアは子種を中に塗り終わっただろうか。匂い立つ肌を侍従に清めてもらいながら、どんな思いを抱え、どんな表情を浮かべているのか——。

次は俺が面倒を見てやればいいが、と考えて、再びため息をつく。落ち着こうとしても、腹の奥から湧き上がるどうしようもない熱はなかなかおさまらない。元来、アルファはオメガに否応なく惹かれるものなのだ。

(……だが、俺があの人に惹かれたのは、オメガだからじゃない)

愛おしいと思うのは、幼くても毅然とあろうとする、悲しいほどの姿だ。八年前も、三年前も、現在も――彼はいつだって、眩しいくらい美しいから。

今日は中でも格別に美しかった、と寝台の上のノアを思い出しかけ、クロヴィスは天井を仰いで目を閉じた。

本当は、発情までゆっくり時間をかけて、話をして距離を縮めていくつもりだったのだ。

だがノアは、クロヴィスがほんの少し触れただけでも発情してしまった。まるで待っていてくれたかのようだ、と感じるのは思い上がりかもしれないが、倒れ込んできた瞬間に覚えた喜びはごまかしようがなかった。

予定どおりにいかなくても、あのまま、心と本能に従って抱けたなら、たまらなく幸福だっただろう。それか、せめてこれから部屋に戻れば、きっと寝顔が見られる。美しい金の髪を撫でることも、汗ばんだ額に口づけることもできる。可憐《かれん》に色づいた唇から漏れる吐息を感じたなら、どれだけ満たされた心地になるか、想像だけでも甘い。

ひと撫でだけでも触れられればいい、と思いながら、クロヴィスは壁から背を引き剥《は》がした。一歩ずつ、ノアの眠る部屋から己を遠ざける。

今のノアは、クロヴィスを目障りな敵としか思っていないのだ。彼が心を許してくれる日までは、決して暴走するわけにはいかなかった。

◇　◇　◇

翌日、ノアは質素な黒い服に身を包んで、街角の提げ看板を見上げていた。

「踊る鯨亭《くじらてい》……ここだな」

身体はだるかった。風邪をひいたときみたいに食欲もなく、朝はマティアスに心配されてしまったが、おかげで今日は寝て過ごすと言ってひとりになることができた。こんな機会はめったにないと、前から準備していた変装用の服に着替えて、こっそり抜け出してきたのだ。

念のために、オメガの発情を抑えるという薬湯も飲んできた。飲んでも発情がおさまるわけではないらしいが、気分は高揚していた。初めてでもちゃんと城を抜け出して、目的地まで来られたのが嬉しくてたまらない。

子供のころから、ひとりで街に出るのは夢だった。書物だけでは学べないことを、自分で見聞きできるなんて最高だ。王となった現在は、侮《あなど》る貴族たちを唸らせるためにも、必要な行為だと思っていた。

(次の朝議では皆を驚かせてやる。私を欺《あざむ》くことなどできないと、叩き込んでやるからな)

宿と酒場を兼ねた「踊る鯨亭」は、モンギュ地方やロンブトン地方から来る旅人や荷運び人たちの滞在場所だと聞いていた。

ばねで開閉する横開きの扉を押して入ると、昼前にもかかわらず酒と食べ物の匂いがたちこめ、何人もの男がテーブルを囲んでいた。陽気な笑い声が響き、ノアは立ち竦みかけて顎を上げた。

大勢の人間がいる状況が、今でも少し怖い。ついひと月前までは、顔をあわせるのはたった数人の、ごく限られた相手ばかりだったのだ。

「だ……誰か、モンギュから来た者、ロンブトンから来た者はいるか?」

努力して張りあげた声に、男たちが振り返った。無遠慮な視線を睨むように見返すと、彼らは顔を見あわせ、そのうち一人が手を挙げた。

「おれはモンギュから荷運びで来ましたけど……貴族様がどうしてここに？」

丸い顔に髭《ひげ》をはやしているが、まだ若い男だ。ノアはむっとしてかるく両手を広げた。

「貴族じゃない。どこを見たらそう見えるんだ」

平民の服がどんなものか勉強したいから用意してくれと、マティアスに頼んだものを着てきた。刺繍《しし ゅう》はひとつもないし、ごわごわしているから布も粗末なはずだった。だが、ほかの男と再び顔を見あわせた丸顔の男は、申し訳なさそうに首を振った。

「でも、貴族様でしょう。態度とか、仕草とか……剣も提げておいでだし」

ノアは思わず腰につけた剣に手をやった。男は慌てて両手を動かす。

「怒らないでくださいよ！　べつに貴族様だからいやだってんじゃないですからね、びっくりしただけで」

ねえ、と同意を求められた壮年の赤毛の男が、ぱっと表情を明るくした。

「わかった、クロヴィス様のお知り合いじゃないかい？」

「——どうしておまえがクロヴィスを知ってる」

なぜここであの男の名前を聞かなくてはならないのかとノアは顔をしかめたが、男たちのあいだにはほっとした空気が漂った。やっぱりなあ、と笑った赤毛の男は、立ち上がって店主に声をかけた。

「貴族様にも麦酒《ビール》を出しとくれ。クロヴィス様の知り合いなら奢《おご》らないとね」

「……だから、どうしてクロヴィスを知っているんだ」

「そりゃ有名な人だもの。俺たちはたまに一緒に飲むくらいだけど……そういや最近見かけないねえ。ああ、あんた、そこに座りなよ」

あんた呼ばわりされてまたむっとしたが、みんなが場所をあけて椅子を置いてくれたので、ノアはおとなしく座った。目の前に見たこともない巨大な杯《さかずき》を出され、仕方なく口をつける。

「……苦いぞ」

前に一度だけ飲んだ麦酒《ビール》は、こんなに苦くなかった。赤毛の男が大きな口を開けて笑う。

「街じゃあこの黒い麦酒《ビール》が普通ですよ。で、モンギュとロンブトンがなんだって？　ここにいるのはたいてい、モンギュやロンブトンと行き来してるやつばっかりだから、なんでも聞いとくれ」

面倒見のよさそうな男の言葉にあわせて、テーブルを囲んだほかの男たちも頷いた。全部で五人、年齢は老年から若者までさまざまだが、ノアを疎ましく思っている様子はない。服はくたびれていて、あちこちつぎはぎがされていた。

こんな人間たちとどうしてクロヴィスが知り合いなのだろう、と気になったが、ノアはぐっとこらえて別のことを口にした。

「モンギュが不作というのは本当だろうか。それから、ロンブトンでは街を改修しているという噂を聞いたが、川が決壊して大規模に壊れたというのは、どの程度の被害か知っているか？」

「モンギュは不作じゃないと思いますよ」

最初に手を挙げた丸顔の若者が首をひねった。

「たしかに去年大雨はありましたけど、ロンブトンと違ってモンギュは被害もなかったし、穀物も果物も普段どおりの収穫量じゃないかな。多いとか、減ったとかって話は聞きません」

「ロンブトンのほうは大変ですよ」

瘦《や》せ型の男がぼそっと口を挟む。

「モンギュより川の上流にあるでしょう。秋の大雨で水が溢れて、町もだいぶ浸かってしまってね。収穫していた芋《いも》や野菜も腐ってだめになったし、珍しく雪も降ったから工事が遅れたんです。あそこは小さな町だからね、国に頼んで、費用をもらおうとしてるって聞いてます。あちこちから雇われた工夫が集まって、毎日作業してますよ」

「……なるほど」

では、書記長のボードワンの報告は、半分は嘘で半分は本当、ということになる。彼は、モンギュは不作で納税額が少なく、ロンブトンは不作に加えて町の工事があるため、国庫からの援助が必要だが、要求された金額では多すぎるから、減額すべきだと言っていたのだ。

（ロンブトンは町まで浸かったなら援助金は減らすかどうか、検討しなければならないな。モンギュは……ボードワンは不正には厳しいと聞いたし、モンギュ伯とは犬猿の仲だとサロモンが言っていたけど、サロモンも嘘をついたのかもしれない）

次の朝議ではきちんと問いただなければ、とノアは杯を持ち上げて麦酒《ビール》を飲んだ。わざわざ忍んで出てきた甲斐はある。無知だと侮っている貴族たちに、ノアがきちんと国の状況を把握したことをわからせてやるのだ。

杯を置くと、慣れない酒のせいか、ぐらりと目が回る。テーブルを摑んで身体を支えたが、男たちは気づいた様子もなく、のんびりと笑いあっていた。

「さすがはクロヴィス様のお友達だな。変なことを気にするところも似てらっしゃる」

「……私があんな男に似てるわけがないでしょう」

無礼な、と睨むと、隣に座った赤毛の男がばんばんと肩を叩いてくる。

「いいじゃないですか、友達同士ってのは意外と似てるもんですよ。あんたも変わってるもの」

「私のどこが変わってるというんです？」

「話を聞きたいなら、普通の貴族様はつきあいのある商人だとか、貴族同士で話をしておしまいだろ。わざわざこんな安い酒場に、それもひとりでは訪ねてこないよ」

違いない、とみんな笑ったが、ノアとしては、ほかに方法がなかったのだから、変わっていると言われても困る。

「まあ、馬鹿にしないで人間扱いしてもらえりゃ俺たちも嬉しいよ。クロヴィス様もそういうとこがある」

麦酒《ビール》を勢いよく飲み干した赤毛の男の言葉に、一同は頷く。

「あの人も不思議だよな。とびきり色男でいやってほど女にもてるのに、いつも淡々としてるっていうか、あの人から夢中になってるところは見たことがない」

「女だけじゃなく、男にももてるだろ」

「もててるな。噂じゃ騎士学校時代に本気で惚《ほ》れた下級生同士で決闘があったらしい」

「俺が聞いた話じゃ、貴族の娘が三人でとっくみあいの喧嘩になったらしいぞ。夜な夜な相手をとっかえひっかえしてたせいで修羅場になったんだと」

聞けば聞くほど、似ていると言われたくない男だ。渋面になったノアをよそに、男たちは楽しげに盛り上がった。でも、とはにかんだように笑ったのは丸顔の若者だ。

「ああ見えてお優しいんですよね、クロヴィス様は」

「そうそう。面倒見がいいんだ。最近までマーサの下宿に住んでたくらいだし」

「マーサ？」

つい訊いてしまうと、赤毛の男が片方の眉を上げた。

「ありゃ、ご存じないですかい？　なんでも、クロヴィス様と仲のよかった騎士学校の友人が病気で死んじまってね、幼い弟の身寄りがなくなっちまったっていうんで、クロヴィス様が面倒を見てたんですよ。友人が騎士学校の寮に入る前に住んでたのがマーサっていう婆さんのやってる下宿で、そこで一緒に暮らしてた。去年の終わり、ほんの数か月前までね」

「この店から近いから、よくその弟もつれて食事に来てて。おれたちともよく飲んだんです」

若者はどこか誇らしそうだった。

「マーサももう年だから、壊れた家の修理や買い出しも手伝ってくれたクロヴィス様にはすごく感謝してるんですよ」

ノアは黙ってテーブルの表面を見つめた。ささくれて油染みのたくさんある、古くて粗末な木のテーブルだ。クロヴィスがこんな場所に日常的に通っていたなんて——否、友人の弟の面倒を見ていたことも、初耳だった。

（近衛騎士の隊長なのに、まともな家でなく、修理の必要な庶民の住《す》み処《か》に間借りしていたっていうのか？　あの男が？）

色気のある表情も余裕の滲む態度も、献身的な行動を取る性格には見えなかった。王の伴侶になってのしあがろうとする野心家だ、と言われたほうがずっと納得できる。だが、初対面の男たちがノアに嘘をつくとも思えない。

「……その、弟というのは、今はどこに？」

もしかしたらクロヴィスの作り話を彼らが信じているだけでは、と疑いながら訊くと、赤毛の男が得意そうに杯を掲げた。

「ジャックなら、騎士学校に入ったよ。俺らみんなで寮まで送ったんだ。なんだかもう自分の息子みたいに可愛くてねえ」

「次の休みには遊びに来てくれることになってんだ」

無口な老人まで嬉しげな顔をしている。若者が「寂しくなりましたよね」と呟いた。

「ジャックもいなくなったし、マーサも下宿を閉めて、しばらく娘さんとこに行くって街を出たし、クロヴィス様は引っ越したみたいだけど、どちらに行くか教えてくださらなかったし」

「お屋敷があったってどうせほとんど使わないだろ。女のとこじゃないか？」

にやにや笑った赤毛の男は、店主からもう一杯酒をもらってくる。受け取った痩せ型の男もにやっとした。

「波止場のほうだろう。ほら、前に、海の向こうに身売りするって娘が来てただろ。旅立つ前に一回だけって頼みにさ」

「いやいや、やっぱり貴族のお嬢さんのとこだね。クロヴィス様だって貴族なんだから、許嫁《いいなずけ》くらいいるんじゃないか。諦めて身を固める気になったのかも」

「おれはどっかで毎晩遊んでると思いますよ。ほら、ジャックがいるあいだはおとなしくしてるって自分で言ってたし」

「あんだけもてれば俺だって遊ぶもんなあ」

しみじみと赤毛の男が言った。

「男っぷりがよくて近衛騎士で、貴族でアルファだ。そのうえ友達の弟まで大事にするいい男じゃあ、僻《ひが》む気にもなれん」

「貴族の男は歯軋りしてるかもな。クロヴィス様も夜道には気をつけないと」

冗談めかして言って笑いあう彼らの声には親しみがこもっていて、ノアは残った酒を飲み干した。もやもやとした気分だった。

彼らが騙されているのではなく、嘘をついているのでもないなら、クロヴィス・ミューという男はノアの印象とはずいぶん違う人間だということになる。

（……私には、あんなに無礼な態度なのに）

八年前もだが、昨日のクロヴィスは最低だった。さわっと背筋が熱くなり、ノアは奥歯を噛みしめた。思い出すまい、と努力していたけれど、身体の中にはいまだに感触が燻っている。舐められた乳首は心なしか痛いし、尻の窄まりはじわじわと疼いている。肌を焼いた重たい子種のねばつきも、無遠慮に抜き差しされた指の感触も生々しくて、記憶から抹消してしまえればいいのに消えてくれない。

あんなことをする男が善人なわけがない。

どん、と杯を置くと、若者が遠慮がちな視線を向けてきた。

「あのう……貴族様。失礼なことを言うつもりはないんですけど……その、匂いって」

はっとしてノアは身を引いた。はずみで隣に座った赤毛の男に背中がぶつかってしまい、急いで立ち上がる。途端にぐらりと目が回り、視界が暗くなった。

「ちょっとあんた！　大丈夫かい？」

膝をついてしまったノアを、赤毛の男が遠慮がちに支えてくる。

「甘い匂いがするなとは思ってたけど……きっと香水だろうって、気にせんようにしてたんですが。具合も悪そうだし、顔も赤い。俺たちには蜜香しかわからんけど……もしかして、発情してるんじゃないかい？」

「――触らないでください」

彼の手を払いのけたが、立ち上がれなかった。誰か、と男が呼びかける声が遠く聞こえる。

「クロヴィス様が今どちらにお住まいか知らないか？」

「たぶん近衛騎士のお屋敷がかたまってるあたりだろう。団長様なんだし」

クロヴィスに連絡なんか取ってほしくない。だが、口をひらこうとすると、荒い息だけが漏れた。

自分でもぞっとするほど、甘い匂いが身体からたちのぼっている。おい、という声に若者が「はい」

と答えて飛び出していく。近づいてきた店主が、かがむようにして手を差し出した。

「二階の空いてる部屋で休んでください。クロヴィス様に来てもらいますから」

「ひとりで大丈夫です」

再度立ち上がろうとして、ノアは普段の口調を使ってしまっているのに気づいたが、取り繕う余裕はなかった。ここに自分の味方はいない。名前も知らない男ばかりの中で、蜜香とフェロモンを撒き散らして発情しているのだ。

「帰り、ます」

「帰るって、そんなんじゃ歩けないだろうに」

赤毛の男は困ったように痩せ型の男を見る。彼と頷きあうと、身を竦ませるノアの腕を摑んだ。

「安心してください。俺たちだってけだものってわけじゃない。ましてクロヴィス様の友達を、どうこうしようなんて思いませんよ。扉の外に見張りもつけますから、二階に行きましょう」

「……でも」

「ここでうずくまってるほうが危ない。俺らだけならいいが、昼時になりゃ旅人だって飯を食いに来る。クロヴィス様を知らない余所者《よそもの》に、下品なことを言われたくないでしょう」

立つのを促すように腕を引っ張られ、ノアは逡巡《しゅんじゅん》した挙げ句、彼に摑まった。ほかに選択肢はなかった。燃えるように身体が熱く、隠そうとしても息が上がる。

気遣われながら軋む階段を上がり、部屋に通されて寝台に倒れ込む。水を持ってきてくれた店主に礼を言い、扉が閉まってから、ノアは膝を抱えて丸くなった。

苦い薬湯も、昨日我慢して塗り込んだ子種も効果がなかったようだ。痛いほど大きくなった股間がわずらわしく、悔しかった。もしかしたら、クロヴィスがしたみたいにしごけば、子種や蜜が出て楽になるのかもしれないが、知らない場所でそういう行為をするのもいやだ。耐えよう、と決めて、ノアは右手を剣に添えた。

大丈夫だと言われたが、誰かが入ってきたらと思うと怖い。今は動けないけれど、少し休んでこの激しい波をやり過ごしたら、外に出て馬車を拾おう。ちゃんとできる。朝からだるくてもひとりでここまで来られたのだから、帰れるはずだ。

——せめて、クロヴィスが来たときに、みっともない姿を見せたくない。

「……耐えるんだ」

呪文のようにノアは繰り返し、きつく目を閉じた。

だが、その甲斐もなく、疼きは引くどころか、時間が経つにつれて強くなってくる。丸くなっているのもつらくなり、ぐったりと横たわっていると、階下から食器の触れあう音や話し声が聞こえてきた。昼時になったのだろう。

二時間ほど経ったはずなのに、部屋には誰も来ない。屋敷が見つからないのか、それともクロヴィス本人が王城にいるのかわからないが、ただ待つだけなのは不安だった。かといって、男たちに身分を明かすのも気がすすまない。国民に、王が街中で発情するような人間だと知られるのは屈辱だ。とにかく、いつまでもここにいるわけにはいかない。

なんとか身体を起こそうと身じろいで、ノアはぎくりと固まった。下穿きがべったり濡れている。

触れてもいないのに、誘い蜜が出ているのだ。麻痺《まひ》してしまってわからないが、部屋の中は蜜香が充満しているに違いなかった。

（……こんなことなら、さっき無理にでも店を出て、馬車に乗ればよかった）

この身体で外に出て、もしひとりでもアルファがいたら、あるいは暴力的なベータがいたら、と考えると震えが走る。けれど、休んでいても無駄なら、動くしかない。

ノアは唇を噛んで呻きたいのをこらえ、無理に起き上がった。目眩がひどい。ふらふらと頭が揺れて、寝台から足を下ろして立ったかと思うと、がくんと膝が落ちた。身体がかしぎ、無様に倒れ込む寸前、かろうじて床に手をついた。

こういうときのために身体を鍛えているんだろう、と己を叱咤《しった》し、もう一度立ち上がろうとしたとき、慌ただしい足音が階段を上ってくるのが聞こえた。びくりと振り返るのとほぼ同時に、扉がひらく。

「ノア様！」

血相を変えたクロヴィスが駆け寄ってくる。

「大丈夫ですか？」

「……、っ」

抱きかかえられ、ふわりと彼の匂いを感じた刹那、衝撃が身体を駆け抜けて、ノアは息を呑んだ。びゅ、びゅ、と何度も噴き出す感覚。ただでさえ濡れていた下穿きの中がじっとり熱を帯び、全身が震える。達したのだ、と悟ると再びびゅっと噴き出してしまい、視界が暗くなった。

（や……っと、とまらな、い……っ）

ぐっしょり下穿きが濡れていく。股間を一瞥《いちべつ》したクロヴィスが眉をひそめ、上着を脱ぐと下半身を覆うようにかけてくれた。

「遅くなってすみません。もう大丈夫ですからね」

あやすように優しい声だった。しっかりした腕に抱かれて最後のひと噴きが出て、ノアは彼の胸にもたれかかった。力の入らない身体が恨《うら》めしい。汗で濡れた前髪が掻き上げられても、払い除けることもできなかった。

「……見、ないで」

懇願《こんがん》するように、声がこぼれてしまう。

「お願い――誰にも、言わない、で」

「――ノア様」

震えるノアを、クロヴィスはそっと抱き直した。顔を近づけ、ごく小さな声で囁く。

「どうぞご安心を。そばにいるのは俺だけですから、ほかの人間には見えませんし、俺は決して、誰にもなにも言いません」

ゆるく髪を撫でつけられ、ノアは間近にあるクロヴィスの瞳を見上げた。彼はどこかせつなげにも見える表情だった。

「三度目ですね」

「……三度目？」

「言われるたびに俺がどんな気持ちになるか、ノア様はご存じないでしょう」

クロヴィスはノアの顔を己の胸に伏せさせるように、やんわりと力を込めて抱きしめてくる。痛いほどの抱擁《ほうよう》にもがきかけ、ノアは吸い込んだ彼の匂いに目を閉じた。胸に沁みる、あのあたたかな匂いだ。

意識がぼうっと霞《かす》んでいく。無意識のうちにくたりと脱力したノアを、クロヴィスは危なげなく抱き上げた。

「通してくれ。——知らせてくれて助かった。悪いが、このことは口外しないでくれるか？」

クロヴィスの声が水を通したように歪んで聞こえた。もちろんです、という誰かの声も、ぶらぶら揺れる自分の足先も、妙に遠く感じる。腹の奥はどくどくと脈打つようで、極めたというのに熱は少しもおさまっていなかった。

発情期なんて最低だ、と思いながらクロヴィスの肩に頭を預け、次に気づくと、ノアは寝台にいた。ん、と呻くと、大きな手が頭を撫でてくれる。

「よく頑張りましたね。今から楽にしてさしあげます」

まばたいて見上げれば、クロヴィスは裸だった。ノア自身もなにも着ておらず、さっきまで抱きかかえられていたはずなのに、と視線を泳がせると、「王宮です」と囁かれる。

「まさか発情期中に城を抜け出すなんて——だるくて歩くのも億劫《おっくう》だったでしょうに、よく踊る鯨亭まで行きましたね」

「……朝は、こんなに、は……、ん、ぁ、あっ」

くにゅ、と触れられたのは後ろの窄まりだった。すでに潤《うるお》った襞の中に、なめらかに指が埋まってくる。ざわりと快感が背筋を這いのぼり、勝手に声がこぼれた。

「あ、……っぁ、……は、……ん、……ッ」

太く感じるのは指が二本だからだ。行き来されるとたまらなくて、きゅうっと尻が上がる。指先で内襞を揉まれると、うなじまで痺れが走った。

「は……んっ、ぁ、……っ、ん、ぁ、あっ」

だめだ。これではただの淫乱《いんらん》なのに、身体も感覚も制御できない。

「ノア様は中をいじられるのがお好きですね。もう一度達きそうなら、我慢せずどうぞ」

クロヴィスは根元まで差し込んだ指を曲げ、何度も中から押し上げる。ぐずぐずに崩れていくような錯覚に耐えきれず、ノアは勢いよく子種を噴いた。

「——ッ、は、……ッ、……っ!」

出しながら、不規則に身体がびくつく。だらしなくゆるんだ口の端から唾液が垂れ、ノアは身悶えながら喘いだ。

我慢できないほど気持ちいい。だからこそ、ほんのわずか残った自尊心が、このまま溺れていくのを許さなかった。

「……っ、見、な……い、で……っ」

こんなのは自分じゃない。抱き寄せられただけで射精し、気持ちよすぎて気絶して、それでも足りなくてこんなに噴いて——全身べたべたになって、はしたなく身をくねらせているなんて。

「ノア様は、ご自分を恥じておいでですか?」

クロヴィスはゆっくり指を抜き、ノアの手を取った。彼の股間へと導かれ、ノアは触れた熱さにびくっとした。大きい。太くて、硬いのにしなやかで、ずっしりと重かった。

「勃っているでしょう？　あなたのフェロモンで発情して、抑えがきかなくなったアルファのさがだ。ここまで育てば、子種を出さないかぎりおさまらない。……こんなふうに本能を剥き出しにするために、アルファは常にフェロモンを放っているんだ。雄《おす》のつとめを果たせるように、オメガを誘惑する」

浅い息づかいのまじるクロヴィスの声は、思いがけず苦い響きを帯びていた。

「オメガは淫らで卑しい性だと言われてきたが、俺に言わせれば淫らなのはアルファのほうだ」

「アルファの……ほうが——？」

そんなふうに考えたことはなかった。ぼんやり呟くと、クロヴィスはノアの手を離し、かわりに胸に触れてきた。

「ノア様は、俺のせいで発情しただけでしょう。恥じることはありませんよ」

「ぁ、……っ、ぅ、」

すでに尖りきっていた乳首を優しく摘まれ、じわっと腹の中の熱が高まる。

「こうやっていじられて抵抗できないのも、ノア様が悪いんじゃない」

あやすように言いながら、クロヴィスは寝台を覆う幕を結ぶ紐《ひも》を取った。ノアの手を摑んで頭上に上げさせ、手首を紐で縛って、寝台の柱につなぐ。なにをされているかよくわからないままつながれたノアは、動けないようにされたのだとやっと気づいて身をよじった。

「おまえ……っなにを、馬鹿なことを……っ」

「これでノア様は抵抗できません」

クロヴィスはノアの頬を撫でた。

「発情したアルファに強引にされて、いやなのに犯されるんだ。――どうぞ、俺のせいにしてください」

「……っ」

微笑んでいるのにどこか痛むような眼差しに、ずきりと胸が痛んだ。

(――今の、言い方)

まるで、口実をくれるみたいだった。発情してなお抱かれたくないノアが、自分のせいではないと思えるように、わざと縛ったとでもいうのだろうか。

(どうしてそんなことまでしてくれるの?)

王の夫になりたいなら、縛って無理に犯すような真似は立場を危うくするだけだろうに。

クロヴィスはノアの頬に口づけを落とすと、膝を摑んで上げさせた。胸につきそうなほどひらいて曲げさせられ、赤ん坊がおしめを替えるみたいな格好になって、ノアは弱く首を振った。

「……や、……だ、め、です……っ」

己の分身に手を添えたクロヴィスが、次にどうするつもりなのかは明らかだった。太くて逞《たくま》しい雄《ゆう》蕊《ずい》が、ノアの股間にこすりつけられる。

「いやでしょうが、こうして貫けば、明日には楽になります」

「でも、……っぁ、……ッ、――ぁ、あああッ」

怖い、と口走りそうになった瞬間に、押しつけられた先端が中に入り込み、ノアは喉を反らせた。

裂けたかのような痛みは、すぐに燃えるような刺激に変わり、肌がびりびりと震える。

「っぁ、……や、ぁッ、……っん、ぁ、……あ、あッ」

入ってくる。手で触れたときよりも何倍も熱く感じる塊が、ずりずりとノアの中を、奥へと征服していく。信じられないくらい深い場所まで占領され、ひぃ、と悲鳴めいた声が出た。

(だめ……っ、これ、だめだ……きもち、ぃ……ッ)

昨日の快楽など児戯《じぎ》に等しい。これは——これが本当の蜜結びの、まぐわう愉悦なのだ。

身体の奥で眠っていた本能を、引きずり出されるような。

強制的に暴かれ、かき混ぜられ、作り変えられるような——なにもかも壊れてしまうような、強烈な熱。

「や、……ぬ、いて、……ッぁ、あつ、……い、ぃっ」

「痛みはないようですね」

深く息をついて、クロヴィスは花芯に触れてくる。

「わかりますか。誘い蜜が出っぱなしになってる」

「ッぁ、さわらな、い……っで、あ、は、……ん、あっ」

ゆっくりしごくのにあわせ、中の雄も動く。太さを味わわせるような動きにじぃんと疼きが生まれ、ノアはぞっとした。完全に、自分の身体がとろけているのがわかる。やわらかく潤みきって、雄の性器を差し込まれて悦んでいる。

(動けないのに……っ、こんなことされたら——私は、)

入り口近くまで引いた切っ先が、ぐっと圧をかけて奥に入ると、びくびくと腹が波打った。目を向ければ、力をなくしたノアの性器はちょろちょろと蜜を吐き続け、その向こうで、赤黒く凶悪なクロヴィスのものが、ぬめりをまとって抜け、再び押し込まれていくのが見えた。ぴったり吸いついた襞がこすれて、焼けるように感じる。

「……っ、だめ、……いや、」

ぶるぶる震える唇から、すがるような声が出た。気持ちがよくて、気を抜いたら頼んでしまいそうだ。もっと、とあられもなく尻を振って、激しく突いてほしくなる。こすられたい。ぐしゅぐしゅ音がするくらい、奥を強く抉ってほしい。もっと深い場所にあのねっとりした子種を注いで、満たしてほしい。

ひくりと腰がゆらめいてしまい、柱から延びる紐を握りしめて、ノアは言った。

「出さ、ないで……なか……、こ、子種は、ゆるしませ……っ」

「中に出さないと、ノア様の発情はおさまりませんよ」

「……っでも、……い、や」

とても受け入れられなかった。たとえ発情がアルファのせいでも、抗えない本能でも——快楽に負けることも、その結果として身籠《みごも》ることも。

きっと、一度でも屈したら、二度と戻れない。

「だめ……です。おまえで……っ孕む、のは……ん、い、や……、」

「——ノア様は俺がお嫌いですからね」

動きをとめ、クロヴィスはノアの顔を覗き込んだ。前髪をかき上げ、蒼い目を細める。

「でも、大丈夫ですよ。初めての発情期で孕むことはありませんせん」

「――……ほ、ほんとう？」

「もし嘘だったら、処刑していただいてかまいません」

うすく微笑んで、クロヴィスは縛った手首を撫でた。

「こうやってノア様を縛めた《いまし》ことも、発情期が終わって許せなかったら、好きに俺を処分してください。今は判断できないでしょう？　心配せず、任せてください。見たくないなら目を閉じていればいい」

「……そ、うします」

信じていいかどうかわからなかったが、ノアの理性も限界だった。最後までするしかない、と諦めると全身から力が抜け、改めて脚を摑まれるとむしろほっとした。助言どおり目を閉じ、ぐんと突き上げられるのを受け入れる。

「――ぅ、……っぁ、……、あ、……んッ」

太くて硬い感触に、頭の中までじんじんする。なにも考えられない。でも――今は、これでいいのだ。

動けないのだし、無理やり発情させられて、苦しいのだから。

「ああ、やわらかいです。ノア様は吸いつき方もお上手だ」

逞しいものはねっとりとノアの内部を捏《こ》ね回す。襞がこすれ、潰《つぶ》れるのが焼けるような快感を呼び起こし、幾重にも重なって、腹から頭、足先まで満たしていく。

「ぁ、……ッ、は、ぅ……っん、……は、ぅっ、……あっ」

上げたままの腕は痺れておかしくなりそうだ。クロヴィスが動きを速めると、じゅぷ、ぐしゅ、と音がして、咥え込んだ窄まりが痒いように疼いた。切っ先は中の気持ちいいところを何度も掠める。そのたびに膨れ上がる快感は、いくらもしないうちに絶頂の予感に変わり、ぼうっと気が遠くなった。

「ぁ、は……んっ……ぁ、…んっ、……はっ、ぁ…っ」

穿《うが》たれて出てしまう声は徐々に上ずったが、もうこらえようという気も起きなかった。意識ごと蕩けたみたいに、ただ与えられる快感を受けとめる。奥が一番いい。太いので丸くくり抜かれているようなのも気持ちいいけれど、ずんと突かれて、快感が響くのが悦《よ》くてたまらない。あと少し。もう少しで達く。今にも弾けそうに溜まった蜜が、いっぱい出てしまう。

がくがく全身が揺れるほど掘削され、力が入らないのに爪先《つまさき》まで強張ったかと思うと、ひときわ熱が膨れ上がった。

「――――――ッ！」

喉も背中も反り返り、腹を大きく波打たせて、ノアは達した。弾けると思ったのに蜜は溢れず、かわりに体内がびっしょり濡れていくような愉悦が長く尾を引く。溶けて崩れていくのに似て、けれど満たされていくような、不思議な喜びだった。

閉じた眼裏《まなうら》で甘やかに光が舞う。クロヴィスはまだ動いていて、その逞しい律動さえ気持ちいい。すっかりゆるんだ中をかき回した肉棒は、やがて一度とまったかと思うと、ずく、ずく、と強い抽挿《ちゆうそう》を繰り返した。

「――ノア、様」

呼ぶ声がしたと感じたのは、気のせいだっただろうか。

痛みに近い刺激がゆっくりと腹に染み渡る。出されたのだ、と遠い意識で思い、ノアは知らず、ため息をこぼした。

（いっぱい……入って、……、きもちい……）

渇ききっていた喉を水が潤すように、子種がノアの腹の中を癒している。焦燥《しょうそう》に近い火照りが引いていくのがわかって、安堵《あんど》が込み上げた。

それは大きな腕の中ですべてを委ね、深く眠って夢の世界をたゆたっているような、快い、深い安らぎだった。


ようやくまともに動けるようになったのは三日後のことだった。

目覚めると意識がはっきりしていて、手足も楽に動く。なんなく起き上がれたことに快哉《かいさい》を叫びたい気分で、ノアはマティアスに新聞を持ってこさせた。苺のジュースを飲みながら紙面に目を通していると、クロヴィスが朝食を持ってやってきて、呆れた顔をした。

「なにしてるんですか」

低く艶やかな声に、どきん、と心臓が跳ねる。眩しい朝の光の中にいる彼を、どうしてか、直視できなかった。赤くなりそうな顔を俯け、声だけは冷淡を装う。

「見てのとおり、新聞を読んでいます」

「勉強熱心なのはさすがですが、まだ熱っぽいでしょう」

「平気です。やっと終わってほっとしました」

ノアは意を決して紙面から顔を上げ、クロヴィスを睨んだ。

「やっぱり嘘だったじゃないですか。翌日には楽になると言ったのに」

楽に、ならなかったのだ。

結局あれから二日、ノアはほとんど寝台から動けず、日に三度もクロヴィスに抱かれた。本能に流され、理性が働かない三日間だったが、合計七回も中に子種を注がれた記憶は、残念ながらしっかり残っている。

「ご満足させられなかったようで申し訳ありませんね」

クロヴィスはため息をつきつつ、テーブルに朝食を置くと、近づいてきてノアの前髪をかき上げた。額を撫で、首筋に触れて脈を確かめると、最後に耳元に鼻先を近づけた。

「熱は引きましたね。フェロモンはまだ少し出てる。でも、気分はよさそうだ。朝食、食べられそうですか？」

「……おなかが空いています」

平静な状態で触られるのは恥ずかしいが、慣れてしまったのか、クロヴィスの手の感触は心地よかった。

（……気持ちよく思ってる場合じゃないな。抱かれたからって、安易に心を許すような真似は王に相

応しくない）

今日からはいっそう毅然としないと、と決心しつつテーブルに着くと、ノアはさっそく朝食を口に運んだ。こんがり焼いたビスケットには薔薇のジャムを塗ってもらい、ミルクをたっぷり入れたお茶を飲む。

向かいに座ったクロヴィスは、お茶を片手にじっとノアを見つめていた。もの言いたげな表情に、仕方なく聞いてやる。

「言いたいことがあればどうぞ」

「ノア様の発情期が思ったよりも早く終わりそうなので、残念だなと思っていたんです」

「――そんなにオメガを抱くのが楽しいんですか？」

「あなたに触れられるのが喜びでない人間なんかいないでしょう。特に俺は、終わればあなたの判断を待つ身ですから」

クロヴィスはわずかに微笑んだ。

「どうなさいますか？　俺を罰するか、それとも許していただけるか」

ノアは手にしていたビスケットを口に入れ、三日前に縛られた手首を撫でた。

強制的に動けなくされたのは、あの一度だけだった。

あれがノアのためなのは、ちゃんとわかっている。その証拠に、クロヴィスは三日間ずっとそばにいたのに、ノアが我慢できないほど昂ったとき以外は、抱こうとしなかったのだ。マティアスに言わせれば、それはアルファにとって、「信じられないほどの我慢」らしい。

「オメガが本能に抗えないことはご存じですよね。同じくらいアルファも、欲情してしまうとつらいんですって。理性が吹き飛んで、まったく望んでいない過ちを犯してしまう者だっているんですよ。なのにクロヴィス様は、ノア様のことだけ優先していたでしょう」

昨日の夕方、クロヴィスが部屋を辞しているあいだに、マティアスは感慨深げにそう教えてくれた。以前のノアなら、抗えないなど言い訳だと考えるところだが、身をもって味わってしまったから、発情がどれほど暴力的かは、よくわかっていた。あのどうにもならない衝動を、クロヴィスはこらえてくれたのだ。

忠誠心を示されたなら、それに報いるのも王のつとめだ。クロヴィスはノアが罰しないと見越していたのだろうから、思いどおりになるのだと思えば面白くはないが、だとしても、狭量な君主になるわけにはいかない。

「……まだ、おまえが適任かどうか判断できませんから、しばらくはおまえで我慢します」

「ありがとうございます」

「ただし、縛るような無礼な真似は二度としないように」

「かしこまりました」

にっこりするクロヴィスは余裕たっぷりに見えた。そういうところが腹が立つんだ、と思いながら、ノアはサラダにも手をつけた。

「半月くらいは登城しなくてかまいません。丸二日も無駄にしてしまいましたから、食べたらすぐに着替えて、剣の鍛錬をしなくては。朝議も今日から参加しますから、マティアスは皆にそのように伝えてください」

脇に控えてお茶のおかわりを淹れていたマティアスが、心配そうに首をかしげた。

「でも、発情されてからまだ四日ですよ。普通は七日くらいつらいって言うじゃないですか。人によっては十日起き上がれないって」

「私は短いんじゃないですか。起きられてます」

澄まして言えば、クロヴィスも咎めるように眉根を寄せた。

「顔はまだ赤いですよ。フェロモンも香ると言ったでしょう」

「では身体を清めます。どうせ残り香です」

「どうしても御前会議に出るなら、俺が付き添います」

「――夫候補はおまえでいいと言いましたが、さっそくつけあがるんですか？」

睨むと、仕方なさそうなため息が返ってくる。

「違います。御前会議に参加するのは今は十二人、そのうち三人がアルファだ。十分距離があるとはいえ、同じ空間にいれば、いくら花を置いてもフェロモンは消せません。本当は参加しないのが一番だと思いますが、どうしてもと言うなら、護衛をそばに置いておくべきです」

「おまえだってアルファでしょう」

「だからですよ。アルファは互いの力関係が本能でわかる。俺は今まで、誰が相手でも下だったことはない」

まっすぐに向けられる蒼い瞳に、ノアは黙り込んだ。

こういうところも嫌いだと思う一方で、「この男なら事実なのだろう」という納得もある。取り立てて誇るでもなく、淡々とした態度なのが余計に、彼が本当に優秀なアルファ——雄なのだと示しているかのようだった。

（でも、どうせ口先だけだ）

信じてしまいそうな自分を諌《いさ》めて、ノアは視線を逸らした。

「好きにしてください。そのかわり、偉そうなことを言って一度でも失敗したら、おまえを夫候補から外すだけでなく、近衛騎士の任も解きますからそのつもりで」

お茶を飲み干して立ち上がり、ノアはクロヴィスを一瞥もせず部屋を出た。

湯殿で石鹸《せっけん》をたっぷり使って身体を洗い、真新しい服を身につけると、おさまっていたはずの腹の疼きが感じられたが、昨日までを思えば気にならない程度だった。蜜香はいつものことだから、貴族たちだって今日だけひどいとは感じないだろう。

むしろ、下卑《げび》た想像を巡らせてくれるぐらいでちょうどいい。その分ノアが威厳を示したときと差が大きくなって、強い印象を残せるかもしれない。

今日からが本番だ、と思うと武者震いしそうだった。絶対に尊敬と忠誠を勝ち取ってみせる、と己を鼓舞《こぶ》しながら湯殿を出ると、廊下ではマティアスと一緒に、近衛騎士の制服を着たクロヴィスが待っていた。

二人を従え、ノアはできるだけ堂々と廊下を歩いた。

朝議の間の扉が開くと、中に揃っていた貴族たちがいっせいにこちらを向く。慌てて立ち上がる彼らを手で制し、ノアは上座の席についた。

「体調が戻りましたので、今日から執務に復帰します。皆もそのつもりで」

一番近くの席にいた書記長のボードワンが、顔をしかめながら袖《そで》で鼻を隠した。

「これはこれは陛下、初めての発情おめでとうございます。――いまだ、時期が過ぎきってはいらっしゃらないようですが」

ちらりとノアの背後を見やった彼は、腕を下ろすとおもねるような笑みを浮かべた。

「ご用意したアルファがお気に召していただけたようでなによりでございます。本日よりお越しとおっしゃっていただければ、花と果物を用意しておいたのですが……これでもわたくしもアルファですので、席を移動させていただきましょう」

ねっとりした視線が一瞥するのを、ノアは無視した。欲情したいなら勝手にしていろ、と思う。そんなことに気を取られていられるのも今のうちだ。

ボードワンのかわりに、若い男がノアの一番近くに来た。年齢はクロヴィスと同じくらいだろうか、派手な服を着ている。見覚えのない顔に眉根を寄せると、彼はにまにまとした笑みを浮かべ、大袈裟な礼をしてみせた。

「レミー・パステックと申します。ボードワン書記長の長男で、騎士学校ではそこのクロヴィスを抑えて、入学から卒業までずっと首席だった」

鼻にかかった甘い声は自信満々で、瞳には見下すような光が宿っていた。

「このたび書庫管理長を拝命しました。正直、私には物足りない職ですが、なに、ひと月もすれば陛下も、私には宰相のほうが相応しいと認めてくださるでしょう」

「――書庫管理長に彼を就けたという報告は受けていないのですが」

ボードワンに咎める視線を向けると、彼は恭しく書面を掲げた。

「議会の承認は得ております。陛下には十日のお休みが明けてからお知らせするつもりでございました。なにぶん、わたくしどもも多忙でして。宰相がいまだ決まっておりませんので、なかなか実務が進められず、困っておるのです。せめて書庫管理長はということで、決めさせていただきました」

書庫には書物以外にも、税務や議事録など政《まつりごと》にかかわる書類や宝物の目録など、重要な書類が保管されている。その管理長は地味に見えて重要な役職だ。

マティアスがボードワンから書面を受け取って持ってくる。朝議に参加する貴族全員の署名の入った正式な任命書だった。通常どおりの手順を踏んだとはいえ、わざわざ王が不在のときに決めたというのが、ノアにとっては悔しかった。

「宰相は、しばらくは私が兼任だと思ってください。焦って誤った人選をしたくない。二か月後に、新しい宰相を決めます」

書面を返し、ノアは一同を見渡した。

「サロモンの任を解いたのは、彼は私がオメガであることを、遺憾《いかん》に思っていると知っていたからです。仕えたくないと思っている人間に本音を隠して頭を下げられる趣味はありません」

きつい声音に、気圧《けお》されたように貴族たちが互いに顔を見あわせる。俯いてほとんどノアを見ないのは、ボードワン以外のアルファ二人だ。にやけた笑いを浮かべ続けているのはレミーだけだった。

「これからふた月、宰相を決めるまでのあいだに、私もあなたがたが忠誠心のある臣下かどうか判断しますが、あなたがたも私がいやなら辞めていただいてけっこう。ただし、これだけは肝に命じておいてください。適当にかついで夫でもあてがっておけば操れる、甘い汁が吸えるなどと思わないこと。忠誠を疑われる真似は慎むこと」

言葉を切っても、静まり返って誰も口をひらかない。ノアは苦虫を噛み潰したような顔をしているボードワンを見据えた。

「忠義を示す気があってもなくてもかまいませんが、調べてもらいます。モンギュが不作だという報告に嘘がないか、ロンブトンの工事に対する補助金の金額が適正かどうか」

「……それにつきましては、先日ご報告をさしあげたはずですが」

「その報告が虚偽ではないかを調べろと言ったんです。モンギュは不作ではなかったこと、私が知らないとでも思っていますか？　あなたは仕事熱心で不正にも厳しいと父から聞きましたが、私の代になって手が抜けると思っているなら、すぐに改めてください」

ボードワンはいっそう苦い表情で黙り込んだ。ノアは静かに立ち上がった。

「蜜香が不快でしょうから、今日は出ていきます。明日も参加しますから、花を用意しておきなさい」

背を向けると、貴族たちがいっせいに立ち上がるのがわかった。敬礼する気配を感じながら部屋を出て、つめていた息を吐き出すと、緊張が解けたせいか足元がふらつく。認めがたいが、手も細かく震えていた。

すっと寄り添ったクロヴィスが、肩を支えてくれる。不要だと突き放す気になれず、ノアは足元を見つめた。

議会で威厳を示すくらいのことで、こんなにぐったりしていては先が思いやられる。しっかりしなければ、と思うけれど、五分だけ、休みたかった。

「ノア様、かっこよかったです！　みんな驚いた顔をしてましたよ！」

マティアスは興奮したのか、手を組んで目を輝かせた。

「胸がすかっとしましたねえ。あのボードワン様まで悔しそうだったんですから！」

素直な侍従に苦笑して、ノアはためらいがちにクロヴィスを見上げた。

「……おまえから見ても、少しは、王らしかったでしょうか」

「ご立派でした。あの話をするために、踊る鯨亭まで行ったんですね」

「前から気になっていたんです。モンギュからの納税額が、毎年少しずつ下がっていくので……それも、同じくらいの割合で減っていくなんて、おかしい気がして」

「何年も前から調べてたんですか？　ずっと？」

「社交的な催しに参加できない分、せめて勉強くらいは完璧にしておくべきでしょう。書庫にはよく出入りしていたから、記録を調べて将来の参考にしようと思っていました」

「ノア様らしい」

小さくクロヴィスが笑う。手がそっと頭に触れて、髪を梳いた。

「お疲れでしょう。庭でお茶でも召し上がりますか？」

「そ――」

「ノア陛下」

頷きかけたところに声が割り込み、はっとしてノアはクロヴィスから離れた。振り返れば、妙に親しげにレミーが手を上げている。

「やあクロヴィス、ちょっと見ないうちに大出世じゃないか。オメガの王の初めての相手なんて、アルファじゃなきゃできないよなぁ」

平然と歩み寄ったレミーはクロヴィスの肩をこづいて、ノアはぽかんとしてしまった。無礼極まりないのだが、あまりに図々しくて声が出ない。マティアスが眉をひそめて咎めた。

「陛下の御前ですよ。お控えなされませ」

「侍従は黙ってろ」

レミーは居丈高にマティアスを睨みつけた。

「俺は陛下の血縁、王族だぞ。今まではノア様がオメガだからって表に出てこないからつきあいがなかっただけさ。クロヴィスは騎士学校の同期だし、夫婦揃って縁があるんだ、親しくする権利がある」

正確には、レミーは王族ではない。アメロンシエでは、ボードワンは先王の再従兄弟だから王族だが、その息子は王族として規定される親等からは外れるのだ。だがそれを指摘できないほど、レミーは堂々としていた。

「そもそも、クロヴィスはアルファのくせに、騎士学校じゃ俺に勝てなかったんだ。つまり、俺のほうがはるかに優秀だってことだ。ノア様だって本当は、こんな田舎貴族の次男坊なんかおいやでしょう」

得意げなレミーはねばつくような視線でノアの顔を眺め回した。色の薄い唇を舌で舐め、声に笑みを含ませる。

「いい匂いですねえ。俺もオメガは大勢抱いたが、ノア様の匂いが一番いい」

「――レミー様」

低くクロヴィスが制しても、意に解した様子もない。無遠慮に顔を近づけられ、ノアは一歩後退《あとずさ》った。

「発情期が終わってないのに御前会議に出てきたのは、俺の父を誘惑したいからでしょう？　母は亡くなってるから、その気になりゃあなたと結婚できる。王家の血を下等な貴族の血なんかで汚したくない気持ちはよくわかりますよ。父は尻込みしてるみたいだが、ノア様がその気なら、俺からも父を説得してやる」

あまりの言い草に、かっと顔が熱くなった。へらへらと笑うレミーを、顎を上げて睨む。

「馬鹿な勘違いはやめてください」

「照れることはないですよ。熟れた果物みたいな匂いをさせておいて、一生懸命冷たい口調なんか作っちゃって、父も可愛らしく思ったと思いますよ？」

「ボードワンにも失礼ですよ。下がりなさい」

「これからクロヴィスとお楽しみだからですか？」

にやけたままレミーはクロヴィスを一瞥し、あろうことか、ノアの手を握ろうとした。

「こいつじゃ満足できないでしょう。どうしてもってお願いしてくれるなら、俺が後宮に入ってやってもいいんですがね」

汗ばんだ指が触れそうになり、ざっと鳥肌が立った刹那、クロヴィスがレミーの襟首を掴んだ。

「誰が触れていいと言った？」

抑えた声はたっぷりと怒気をはらんでいた。クロヴィスから発散される怒りで空気がひりつくようで、庇うように背を向けられたノアまで竦むほどだった。やすやすと持ち上げられたレミーは一瞬呆《ほう》けた顔をしたが、我に返ったように足をばたつかせた。

「な……なにをするんだクロヴィス！　放せ！」

「もちろん、放しますよ」

冷たい声で告げ、クロヴィスはレミーを放り出した。床に転がったレミーは顔を真っ赤にしてうなじを押さえる。

「貴様……っ、調子に乗って無礼を働くならただじゃすまんぞ！」

「無礼はそちらでしょう、レミー様」

クロヴィスはゆらめくような怒りを全身から立ちのぼらせたまま、ふらつきながら立ったレミーを睨み据えた。

「一番以外を取ったことのない優秀な方なら、今の自分の行いがいかに不適切か、俺がご説明するまでもないはずですが」

冷酷なほどの声に、じんと胃の底が熱くなる。そばに立ったマティアスが動かないのは、彼もまた気圧されているからだろう。

物音を聞きつけたのか、近くにいた衛兵たちが駆け寄ってくる。なにか怒鳴りかけたレミーも、さすがに分が悪いと悟ったのか、わざとらしく服の裾《すそ》をはたいた。

「王の血縁として、オメガであるノア様が不自由ないようにと気遣っただけじゃないか。それを近衛騎士ごときが突き飛ばすなんて、本来ならおまえが罰せられる立場だぞ。王の夫の候補というだけで、結婚どころか婚約もまだなんだ。身分は俺のほうがずっと上だ」

言い捨てて去っていきながら、槍《やり》をかまえた衛兵に「どけ！」と喚《わめ》き散らす。ボードワンに遠慮しているのか、衛兵もレミーに対しては及び腰なのが見てとれた。

「申し訳ありません、ノア様。レミー様はどうも、俺を目の敵《かたき》にしているところがあって……それもあってご無礼を」

クロヴィスがため息をつきつつ振り返り、ノアの顔を見て眉をひそめた。

「顔色が悪い。あいつが触る前にとめたはずですが——不快でしたよね」

レミーが触ろうとした右手をそっと握られ、ノアはようやく息を吸い込んだ。

「いえ……大丈夫です。ほとんど触られていませんから」

たしかに気持ち悪かったけれど、それよりも驚きのほうが勝っていた。

（……まさか、あんなふうに怒ってくれるなんて）

マティアスがハンカチを出し、クロヴィスからノアの手を受け取ると拭いてくれた。

「あとで綺麗に手を洗いましょうねノア様。あんな男、ボードワン様の息子じゃなかったら騎士学校に入ることすらできないでしょうに、ノア様に触るなんて、もうクビでいいんじゃないですか？」

「……そうすべきかもしれませんね」

ちくんと胸が痛む。レミーは最低な男だが、彼が特別なわけではないとノアは思う。

「でも、表立って口にしなくても、レミーと同じようなことは、きっと皆考えているでしょう。彼はましなほうです」

「あれのどこがましなんですか、最悪ですよ。僕なら一生追放にしますね。縛り首じゃすぐ死んじゃいますもん、絶海の孤島ででも苦しんでもらわなきゃ、腹の虫がおさまりません」

「マティアス、それでは法の裁きではなく、私怨《しえん》ですよ」

ぷりぷり怒る侍従を窘《たしな》め、ノアは庭へと出た。腹を立てる気になれないのは、自分がオメガだからだ。レミーだって、もしノアがベータなら、あるいはアルファなら、あんな振る舞いはしないだろう。誰もが軽んじる相手だからこそ、無礼な態度も取れるのだ。

「レミーは、私がオメガであることについてはあれこれ言いましたけど、私に王の素質がないとは言いませんでした。後宮に入ってやってもいいとは言っても、自分のほうが王に相応しいとも言わない。――でも、貴族の中には、オメガが王になるくらいなら、自分が治めたほうがいい、と思っている者だっているはずです」

「ノア様はご自分を馬鹿にする連中に甘すぎますよ」

すでにお茶の支度が整えられたテーブルに着くと、マティアスはしかめっ面のままお茶をそそいでくれた。ノアは苺の香りのお茶を一口飲んで、ため息をつく。

(――でも、クロヴィスは、本気で怒ってくれた)

彼の態度のほうに驚いて、レミーの無礼なんか霞んでしまったと言ったら、マティアスは呆れるだろうか。

嬉しい、と思いそうになって、小さくかぶりを振って気持ちを切り替える。

「甘いのではなく、仕方ないと思っているだけです。王たる者は私情で言動を左右されてはなりませんから。――ふた月、とさきほど決めたので、そのあいだでレミーにも、ほかの者たちにも、私が王に相応しいと認めさせたら、以降は無礼な振る舞いなど許しません」

今日の命令程度ではだめだったのだ。モンギュのこともロンブトンのことも、これだけ知っているんだぞと言えば見直してもらえると考えていた。でも、足りなかった。だからレミーはあんなことをしたのだと思えば、彼を処罰しても意味がない。

「私は、もっと努力しなければ」

呟くと、向かいに座ったクロヴィスが、じっとノアを見つめてきた。

「ノア様は十分王に相応しいと思いますし、ご自分でなさろうとするお気持ちは立派だと思いますが、おひとりで密かに街に出るような行為は、おすすめしません」

「どうしてですか。真実を知って、不正があれば正すのは、王としてなすべきことでしょう?」

「ノア様が考える王とは、なんでも知っていて、貴族にも恐れられる存在ですか?」

訊き返され、ノアはきゅっと顎を引いた。

「じゃあ、おとなしく城の中に隠れて、危険がないよう誰とも会わずに過ごして、世継ぎでも作ってろって言うんですか?」

「いいえ。いい王というのは、皆に仕えたい、支えたいと思われる人間でいることじゃないでしょうか」

淡々とした口調なのに、どうしてか、彼がまた怒っているように思えて、ノアはカップを置いた。好物のジャムクッキーに手を出すこともできず、拳《こぶし》を握る。

「私にそういう素質がないと言いたいのはわかります」

「そうじゃないです」

がんぜない子供を見るように、クロヴィスは目を細めた。

「ノア様を支えたいと思っている人間はすでにたくさんいるのに、あなたが全然お気づきじゃないから、もどかしいんです。たとえば、そこにいるマティアスだってそうでしょう」

視線を投げられたマティアスがこくこくと頷く。

「クロヴィス様のおっしゃるとおりです。僕、ノア様だからこうして長年おそばにいられるんですよ。いやならとっくに辞めてます」

たったひとりじゃないか、と言いたいのを、ノアはこらえた。ひとりでも、いてくれるのがありがたいのは事実だ。けれど。

「マティアスに慕ってもらっても、王としては失格です」

「元宰相のサロモン様も、ノア様のことは敬愛してらっしゃいますよ」

「——おまえは知らないのでしょうが、サロモンは私がオメガであることに失望しています」

サロモンの柔和な見た目や人当たりのよさにクロヴィスも騙されているのだろう、と思ったが、クロヴィスは首を左右に振った。

「あの方とは親しくさせていただいていますが、一度もノア様に失望なんてされていた様子はないですよ。ノア様はどうしてそんなふうに思うんです？」

「……だって、聞いてしまったから」

咎めるように眉根を寄せたクロヴィスの表情に、聞きわけのない子供になった気分で、ノアは手元のカップを見つめた。

「父はよく、あの子がオメガでなかったらよかったのにって言っていたんです。サロモンに対しても嘆いていて……サロモンも、そうですねと同意していました」

「聞いたのは、同意する言葉だけですか？」

「――ノア様も気にしておいでですから、とも言いました。同情するみたいな口ぶりでしたけど、それはつまり、馬鹿にしているということでしょう。悔しくてその場を離れたから、あとは知りません」

今でもあのサロモンの声は耳にこびりついている。思い出すだけで恥ずかしくて悔しく、ぐっとカップを握りしめると、クロヴィスが頷くのが見えた。

「その話なら俺も知っています」

「……サロモンは吹聴していたんですか？」

「誰にでも言っていたわけじゃないでしょうが、俺は聞きました。サロモン様はノア様のことを、ずいぶん心配されていたんです」

王の素質に欠けていることくらい、心配されなくても承知している。そう思ったが、クロヴィスが続けたのは、まったく違う内容だった。

「優秀で、剣の稽古《けいこ》にも熱心に取り組まれる努力家なのに、ノア様自身がオメガであることに引け目を感じていらっしゃるからと——気にするあまり、頑《かたく》なになって本来のよさが失われてしまわないかと、心配されていました。先王にも申し上げたそうですよ。王がノア様のバースを過剰に案じられては、かえってノア様もつらい。気を揉むよりも、たくさん褒めてさしあげてください、と。サロモン様が知る限り、ノア様はもっとも優秀な教え子なんだそうです」

「……っ」

はっとして顔を上げてしまい、安堵させるように微笑みかけるクロヴィスと視線があって、ノアは目を逸らした。

「そ、そんなの、口ではなんとでも言えるでしょう」

「では、サロモン様にお会いになって、直接訊ねてみたらいかがですか。ノア様なら、相手の言葉が本心なのかおべっかなのか、ちゃんとわかるでしょう」

そう言われて、なにも返せなかった。直接訊いたって同じだ、と反発したい気持ちと、自分はなにもわかっていなかったのではないか、という不安とが入りまじる。クロヴィスの言葉だって、嘘か真か、確証はない。

けれど、クロヴィスはたぶん、嘘をつく男ではない。嘘をつく人間は大抵保身を図るものだ。少なくとも彼は、ノアを丸め込んで夫になろうとはしていない。

「……私は」

ほろりと呟いて、これは弱音だ、と気づいたが、とまらなかった。

「私は無知なんです。オメガですから、貴族たちの集まる園遊会にも出られない。普通の王太子なら行くはずの地方への公務も行ったことがないんです。外国の王ともお会いしたことがない。シュティーアの皇帝はアルファでしょう？　嫁になどと望まれたら困るからと言われてお会いできなかったし、学校に通って級友と遊んだこともない。圧倒的に、経験が足りないのです。補うには勉強するしかない。王太子だったときはもちろん、王となった以上は、怪我をしてもなんでも、もっと見聞を広めるべきです。無知な王に、人望なんかあるわけがないですから」

「知らないことがたくさんあるとご存じなだけでも、無知ではないでしょう。わからないことやできないことはあって当然だ、助力を乞えばいいだけです」

「だとしても、自分でできることは自分でやらなくては」

「――あなたはそうやって、無理ばっかりするんですよね」

譲らないノアに呆れたのか、クロヴィスがため息をついて前髪をかき上げた。

「昔から、いつもそうだ」

「……いつもと言われるほど、おまえと一緒には過ごしていないでしょう」

彼と会ったのは八年前のほんのひとときと、この数日だけだ。訝《いぶか》しく思って首をかしげると、クロヴィスはしまった、と言いたげな表情を浮かべた。

「なんですかその顔は。なにか私に嘘でもついたんですか？」

「いえ……嘘はついていません。ただ、言うつもりではなかったのに口をすべらせたので」

歯切れ悪くそう言って、クロヴィスは座り直す。

「すみません。忘れてください」

「ごまかす気ですか？　……そういえば、この前も、三度目だと言いましたよね」

ノアの記憶にある限り、クロヴィスと会うのは二度目なのに、踊る鯨亭でもクロヴィスはおかしなことを言った。発情のせいで意識はぼんやりしていたが、覚えてはいる。

睨むと、クロヴィスは迷うように一度視線を逸らしたが、再び向け直されたときには意を決したように真顔だった。

「俺は近衛騎士ですが、近衛騎士になるには、そこにいたるまでにやらねばならない職務があって、そのひとつが城内の警備なんです」

「……それが？」

「大切な王の城ですから、交代で昼も夜も警備する。当然、夜勤に当たることもあります。持ち場は馴れあいを防ぐために、毎回変わる。どんな場所にも——ノア様の居住される場所はアルファの騎士は除外されますが、そこ以外はどこでも、武器を抱えて立ちます」

そこまで言われて、ノアも思い当たった。まさか、と思ったとおり、クロヴィスは「だから見たんです」と言った。

「ノア様が夜に、おひとりで剣や弓の稽古をしていらっしゃるのを、知らない衛兵はいません」

さあっと頬が熱くなった。——まさか、衛兵に知られていたとは。

武芸の先生に教わる時間だけでは褒めてもらえるような動きができないから、ノアはひとりでも稽古をしていた。夜の時間を選んでいたのは、昼よりも他人に蜜香を嗅ぎ取られる心配が少ないと考えたからだ。納得できないときには、深夜におよぶまで鍛錬したこともあった。

「稽古だけじゃなく、寝台から抜け出して明け方近くまで勉強していることもしょっちゅうでしたよね。窓から小さい灯りが見えました。書庫には自分で行って、帰りには自分で本を抱えて帰る。風邪をひいたときでも休まないと、マティアスに心配されたこともあったでしょう」

「ほんとですよ。ノア様ってば、僕が心配したってちっとも聞いてくれないんですから」

「一度なんか、熱があるのに弓を引き続けて、倒れたこともある」

マティアスは何度も頷いている。ノアはどきりとして、クロヴィスを見返した。

「それも……見ていたんですか？」

クロヴィスの言うとおり、ノアは夜中に倒れたことがある。数日微熱が続き、体調が悪くて昼間の稽古が休みになったとき、それでもどうにか日課をこなそうと庭に出て、とおりかかった貴族同士の立ち話を聞いてしまったのだ。

ノア様はまた熱を出されたとか。やはりオメガは体力に乏しい。王になったところで、あれではせいぜいお飾りだ。ボードワン様が跡を継ぐほうがましだろうに、陛下は意地になっておられるようだ──。

父のことまで嘲るような口調がぐっさりと刺さり、ノアはその日から休むのをやめた。三年前、ちょうど父が体調を崩しはじめたころのことだ。その夜は悔しさで眠ることができず、気がすむまでやろうと弓を引き、立っていられなくなって倒れたのだった。

「もう一人の夜勤の衛兵と見守っていて、倒れられたのでお助けしたんです」

クロヴィスはやや気まずげにマティアスを一瞥した。

「本来なら、ノア様に触れるのはベータであるもう一人のほうが適任だったのですが、咄嗟に俺が抱えてしまって——そのときにノア様が、譫言《うわごと》でおっしゃったんです。誰にも言わないで、と」

「……」

「五年経ってもこの方は、こうしておひとりで耐えておられるのだと思うと、あなたを手放せなかった。意識を失っているならアルファのフェロモンに反応することもないだろうと自分に言い訳をして、そのまま部屋に運ばせていただきました。もう一人の衛兵がマティアスを呼びに行って、すぐに彼も来たのですが——」

「ノア様がクロヴィス様の袖をぎゅっと掴んでいて、なかなか離さなかったので、しばらくそのまま、そばについていていただいたんです。ノア様が誰にも言うなと、命令だからと、僕とクロヴィス様だけで」

懐かしそうに言ってマティアスはにこにこする。ノアは耳を引っ張った。耳どころか、うなじまで熱い。

気づいたときには寝台にいて、マティアスが運んでくれたのかと思ったのだが、彼がなにも言わないので、朦朧《もうろう》としながらも自力で部屋に戻ったのだとばかり思っていた。

実際には、助けられていたのだ。記憶にない分、いっそう恥ずかしい。

きっと赤いだろうノアの顔を見つめて、クロヴィスは噛みしめるように言った。

「ずっとあなたを見てきた。誰にも頼らず、おひとりでいつも毅然と前を向くあなたを知って、初めて会ったときの直感は間違っていなかったのだと思いました。俺はノア様のそばにいたい」

「──」

「あなたに、惹かれたんです」

きゅうっ、と胸が疼いた。遅れて心臓が速くなりはじめ、ノアは震える手でカップを置いた。なにか言わねば、と思うのに声が出なくて、ただ俯く。眦《まなじり》が熱っぽく、涙がこぼれてしまいそうだった。

──嬉しい。

どう頑張って捻《ひね》くれた受け取め方をしようとしても、どうしようもないくらい、嬉しかった。

（クロヴィスは……私のことを、見ていてくれたんだ）

立ち上がったクロヴィスが後ろに回って、そっと抱きしめてきた。

「涙を拭いたらお怒りになるでしょうから、こうさせてください」

「…………泣いてません。無礼ですね」

かろうじて言い返したけれど、声はいやになるくらい濡れていて、ノアは自分で滲んだ目元を拭った。

「どうせ、すぐ泣くみっともないオメガです」

「泣くのはみっともなくないでしょう」

ふっと笑う気配が、抱きしめる腕から伝わってくる。頭に顎を乗せられ、すっぽり包まれるのはくすぐったかった。

「ノア様がいろんな場所に行ってみたいなら、俺がご一緒します。ひとりはもうやめてください」

いいですね、と念を押されて、ノアは小さく頷いた。胸に回ったクロヴィスの腕に触れて、袖の端を控えめに握る。

（――どうしよう、ずっと、こうされていたい）

クロヴィスの腕の中は、すごく居心地がいい。

しばらくじっとしていなさい、と命令したくて、ノアは咳払いした。

「おまえが護衛でも、気を抜かないようにしなければなりませんね。レミーには全然、アルファの威厳とやらが効いてなかったですから」

「――そうですね。精進しないといけないようです」

クロヴィスは怒りもせず、穏やかに笑ったようだった。

「近衛騎士はやっぱり罷免《ひめん》になさいますか？」

「……朝議では役に立っていた気がしなくもないので、特別許してあげます」

普段なら、ボードワン以外のアルファも、一度はいやらしい目つきをするのだ。でも今日はなかった。性的に値踏みする視線には慣れたつもりでも、気分はよくないから、ありがたかった。

そう思っているのに、素直に礼は言えなくて、ノアは何度もクロヴィスの袖をいじった。

「……次に発情の時期が来たら、もう一度子種を捧げる名誉も許しましょう。でも、子作りだけですから。惹かれただの、支えたいだの言うなら、まずは命令に従うことです。――私が、なんでもおまえの言うことを聞くとか、気を許すなどとは思わないでください」

ちゃんと威厳のある喋り方ができているだろうか、と案じながらそう言って、ぎゅっと手の中の袖を握りしめる。

「――でも、」

「でも？」

口籠《くちごも》るとクロヴィスはひどく優しく訊き返し、ノアの握った拳をそっと包む。守るように手が重なって、不思議と心臓が軋んだ。

「この……三日間のことは、礼を言います。それと、踊る鯨亭まで迎えに来てくれたことと、八年前のことも、三年前のこともです。おまえのしたことは無礼だったけど、約束は守ってくれましたから」

泣いたことも、倒れたことも。言わずに、ただ支えてくれたのだ。

「ノア様と約束したんですから、当然です」

笑ったのか、クロヴィスの吐息が耳に触れた。じん、とうなじまで痺れて、ノアは俯いた。

「当然でも、礼を言わないのや、報いるべきことに褒美をやらないのは、王として失格です。だから、……と、特別」

きつく目を閉じて、なにがいいだろう、と迷う。本当はこのまま、三十分くらいくっついていてもいいですよ、と許してやりたいけれど、図に乗られても困る。あまり行きすぎない、それなりに名誉なことがいい。

「——クロヴィスの、好きなところに、く、口づけしてもいいです」

瞬間、クロヴィスが息をとめるのが伝わってきて、ノアは失敗しただろうかと心配になった。嬉しくなかったかもしれない。だいたい、胸とか身体のあちこちに、もう唇で触れられているのだ。なのに口づけが褒美だなんて不満かもしれないし、あるいはそんな褒美を選んだノアのほうが、口づけられたいと望んでいるように思えたかもしれない。

やっぱりやめます、と言いそうになったとき、クロヴィスが腕をほどいて、傍《かたわ》らに膝をついた。

「では、指に」

押しいただくようにノアの左手を己の手に乗せ、クロヴィスは顔を伏せた。弾力のある唇が指の先に触れ、ノアは右手で胸を押さえる。

さっきから、心臓の痛みがおさまらない。ひそかにため息をつくと、クロヴィスが頭を上げて微笑んだ。

「ありがとうございます、ノア様」

嬉しげで、優しい表情だった。ずっと昔に父が見せていたような、慈しむ笑顔だと気がついて、ノアはさりげなく視線を逸らした。

小さいころはオメガでも愛してくれた父だ。亡くなってからは慌ただしく、寂しく思う暇《いとま》もなかったけれど、思い出すとたまらなく恋しかった。

◇　◇　◇

自分の名前を呼ぶノアの声が耳に蘇《よみがえ》って、クロヴィスはひとり笑みを浮かべた。あと一刻もすれば町外れまで父を迎えに行かなくてはならないのだから、にやけているわけにはいかないと思うのに、浮き立つような気分を抑えるのは難しい。

己の中にこんな一面があるとは、クロヴィスは思いもしなかった。

友人も家族も、身の回りの出来事も、世界はいつもほんの少し遠くにあり、大切ではあってもどこか物足りないような――自分のものではないような気がしていたのに。

（ノア様といると、俺もただの男だな）

昨日、褒美だと言って指先に口づけさせてくれてから、夕方別れを告げるまでのノアの態度は、明らかにこれまでとは違っていた。無意識だろうが、名前を呼んでそばにいるのを受け入れてくれたのが、たまらなく嬉しかった。そっと背中に触れてもいやがらず、ペンを取れとかお茶菓子はクロヴィスの好きなものでいいとか、ささやかな言葉の端々に信頼が表れていて、思い返すと胸が痛いように騒ぐ。

遠くから見守っているあいだは美しい人だと思っていたが、近くにいると可愛らしさのほうが目につくのも、新しい発見だった。どんなに強がってもものの慣れない態度。一生懸命考えて、臣下たちに報いようとする真面目な姿勢。時折見せる拗ねた子供みたいな頼りなさも、愛しく思わずにいることなどできるわけがない。

クロヴィスでさえ、いくら自制していても、抱きしめて離したくないほどなのだ。

このままおそばにいられればいいが、と考えて、クロヴィスは目を伏せた。

王の初めての相手がそのまま后《きさき》に選ばれた前例はない。せいぜいが後宮に入るだけだとわかっていて、自分を推薦してくれと宰相のサロモンに頼んだ。

もちろん、ノアなら幾人ものアルファと交わるのを望まないだろうし、夫にと選んでもらえるよう努力はするが、決して有利ではない「初めての相手」になろうと決めたのは、ノアにたとえ一度だけでもほかの男が触れるのはいやだったからだ。誰であろうと、ノアのそばで過ごせば、彼を愛してしまうに決まっているから。

幸い、「次の発情期も」と言われたから、あと数か月は誰にも触れさせないですむ。そのあいだに、ノアのためにできるだけのことをしてやりたかった。

ノアには、クロヴィスがアルファだからオメガである彼に惹かれるのだ、とは思ってほしくない。

（……あいつに頼んでみるか）

旧友の顔を思い出し、クロヴィスは紙を取り出した。

◇◇◇

見舞いたい、という手紙に返事が母から届いたのは二日後だった。

指定されたのはさらに三日後で、当日、ノアは花束を手に、母の暮らす西の塔へと出向いた。表にマティアスを待たせ、ひとりで部屋に入る。母は珍しく寝台を出て、露台《バルコニー》の椅子に座っていた。

「いらっしゃい、ノア」

「お久しぶりです、母上。今日はお加減がよさそうですね」

「このあいだサロモンが奥様といらしてから、ずいぶんいいの。お花ありがとう」

花束を受け取った母は幸せそうに香りを嗅いだ。侍女に手渡すと、彼女が手早く花瓶《かびん》に生けてくれる。どうぞ座って、と促され、ノアは露台に置かれたテーブルに、母と向かいあって着いた。

彼女と会うときには露台か庭で、大きめのテーブルを使うのは、蜜香がなるべく届かないようにするためだ。よそよそしく距離を置いた向こうで、母は目尻を下げて微笑んだ。

「なんだか背が伸びたみたい」

「――変わっていませんが、成長して見えたなら嬉しいです」

ほっとして、ノアも笑みを返した。勇気を出して会いに来てよかった。他愛ない褒め言葉でも、母の口から聞くと安心する。やはり王になったから、彼女も認めてくれる気になったのかもしれなかった。

「とっても頼もしく見えますよ。ノアももう大人ですものね」

彼女は自らポットを取って、二つのカップにお茶を注ぎ分けた。侍女がノアの元まで運んでくれると、華やかな花の香りが漂う。

「ノアが頑張っているようだと、サロモンが褒めていました。……でも、彼を解任してしまったって、本当なの？」

聞きたくない名前にノアは眉をひそめかけ、ごまかすためにカップを見つめた。

「本当です。国政に参加するのに誰が相応しいのか、一度考え直すべきだと思ったからです。善き王として、改善できることはしていかねばならないでしょう」

「あなたが王として判断するのなら、私は意見することはできないけど……無理になにもかも変える必要はないのではないかしら」

「無理にやっているわけではありません。必要かどうかは、私が判断しています」

言いにくそうに言葉を選ぶ母に、どうにか冷静さは保ったものの、声は険《けわ》しくなった。これでは今までとなにも変わらない。せっかく安堵した気分がだいなしだった。

母は顔を曇らせ、視線を逸らした。

「そうですね。私が心配する必要もありませんでした。ごめんなさいね」

「――いえ」

「王として立派につとめを果たしているのですね、ノアは」

気を取り直すように笑みを見せ、母は焼き菓子の載った皿を示した。

「さっき焼き上がったばかりよ。あたたかいのがおいしいから、今切り分けるわ。食べてちょうだい」

「ありがとうございます」

ノアは丁寧な手つきで切り分ける彼女の手元を見つめた。

心配してばかりの母と、その心配が苦痛なノアと。母がオメガである息子を案じるのは当然なのもわかる。でも、ついに王になったのだ。少しは彼女もノアを見る目が変わっているかと期待したのに、これでは自分が愚かに思える。

会いに来なければよかった。もっと、王としての成果が出せてからにすべきだった。

（……クロヴィスが、あんな目で私のことを見るからだ）

ここにいない男のせいにして、ノアは落胆と悔しさをお茶ごと呑み込んだ。その前に、侍女が切り分けた焼き菓子の皿を置いた。

カップにお茶を注ぎ足し、母は穏やかに首をかしげた。

「会うのは久しぶりだけれど、ノアのことは、ちゃんと聞いています。結婚相手も、もう探しているのでしょう？　相手はアルファの方だとか。サロモンが褒めていたから、きっと頼りになる方なのではないですか？」

じくりとまた自尊心が傷ついたが、ノアはできるだけ淡々と返した。

「まだ日が浅いので、判断は保留中です」

「そうね、大事なお相手だもの、ゆっくり確かめたほうがいいわね。でも、よかった」

母はしみじみとノアの顔を見つめてくる。

「初めての発情が終わっても、もう少しそばに置きたいとノアが思うくらいには気に入るような、素敵な方なのですね」

「――気に入ったわけではありません」

冷静に答えようとしたのに、耳とうなじが熱くなった。落ち着かない心地でカップを弄《もてあそ》ぶ。

「相手が誰でも大差ないからそばに置いているだけです。子作りに必要というだけで、決してそれ以上では……」

「まあ、ノアったら、赤くなったりして。あなたも恋をする年になったのですね」

嬉しげに母は口元を押さえ、声をたてて笑った。久しぶりに――何年ぶりかで聞く華やいだ声に、ノアは複雑な気持ちになる。

話の内容がもっと望ましいことだったなら、母が喜んでくれたと、ノアも幸せな気分になれたのに。

「お言葉ですが、恋などはしていませんし、私はもう大人です」

「あら、大人だからこそ、恋をするのも大事なことですよ。あなたには支えとなる存在が必要ですもの。頼り甲斐のあるアルファの方なら、ノアにはぴったりかもしれませんね」

「……私が、頼りなく至らない王だと？」

気分に任せてカップを置くと、カシャン、と耳障りな音が響いた。

「支えはいりません。私は王なのですから」

「…………ノア、」

「オメガだから至らないと言われる筋合いはありません。母上も、もう案じるのはやめてください。必ず、自慢の王になりますから」

ノアが立ち上がると、母は手をつけていない焼き菓子とノアとを交互に見て、ひどく傷ついた顔をした。

「わたしは、あなたが王になったからこそ、愛しあう相手が必要だと思って――」

「だから、オメガだからでしょう」

一人前ではないから。発情期があって不安定だから。だからオメガはいくら優秀でも、所詮はオメガ、という扱いなのだ。いやというほど知っている。

黙り込んだ母を一瞥し、お大事に、とだけ伝えて部屋を出る。待っていたマティアスが、心配そうに表情を曇らせた。

「ノア様、大丈夫ですか？　眉間《みけん》の皺《しわ》が怖いですよ」

「母なら心配いりません、お元気そうでした」

「……そういうことをお訊きしたんじゃないんですけど」

ため息まじりの声は聞かなかったことにして、足を速める。一刻も早く、この場を離れたかった。

（まだ足りないんだ。即位して、ひとりでもできるって示したくらいじゃ、誇れる存在にはなれないんだ）

もっと強く、もっと毅然と。お世辞ではなく心から「見違えましたね」と感嘆してくれるようになるまで、努力しなくてはならない。

ノアは手のひらを見つめ、マティアスを呼んだ。

「クロヴィスは剣の腕もたしかなんでしたね」

「はい。とてもお強いそうですよ。騎士学校時代に剣技で一番になれなかったのは、あの超失礼なレミー様がお金を積んだり小細工をしたりしたせいだって、もっぱらの噂です」

「それは噂じゃなくて悪口でしょう。慎みなさい」

一応窘めて、ノアはきゅっと拳を握った。

「ではクロヴィスを呼んで、私の稽古の相手をするように言いなさい。最近鍛錬が足りていませんでしたから、改めて鍛え直さなくては」

「クロヴィス様はお呼びしますけど……あんまり無茶はなさらないでくださいね」

「自分の身体のことは私が一番よくわかっています」

部屋には戻らず、ノアは鍛錬のできる庭を目指した。植え込みや花はなく、砂を敷き詰めただけのそっけない庭は、子供のころからずっと一人で稽古するのに使ってきた場所だ。

剣を手に出てみれば、建物の陰に目立たないように衛兵がいる。城中、どこにでもいる彼らを意識したことはなかったが、この前のクロヴィスの話を聞いたあとだと、どうしても気になってしまう。

ノアがひとりで努力しているのを知らない衛兵はいない、とクロヴィスは言ってくれたけれど、知っているからといって、好意的とは限らないだろう。近くで見守ってきた母でさえ、病床にあってもノアを案じるくらいだから、あそこに立っている彼らも、もどかしく思っているかもしれない。あんなに練習しても上達しないとか、ひょろひょろして頼りないとか。

(――全員に認めさせるんだ。私が善き王だと)

ぎゅっと唇を引き結び、ノアは上着を脱ぎ捨てた。両手で剣を握り、架空の敵を思い描きながら斜めに振り上げる。

斬り結び、弾かれないように力を込め、打ちあい、踏み込んで真横に薙ぎ払う。そのまま別の剣を受けとめ、体勢を立て直して正対、睨みつけながら三合したのち斬り伏せる。

二人、三人、四人。頭の中で次々に敵を倒していきながら剣を振り、振り向きざまに真上から叩き下ろそうとしたところで、ギィン！　と剣が鳴った。肩まで痺れが走り、ノアは目を見ひらいた。

いつのまに来たのか、刃を潰した剣でノアの斬撃《ざんげき》を受けとめているのはクロヴィスだった。渾身の力を込めたはずの剣を、片手でなんなく受けただけでなく、いくら押してもびくともしない。奥歯を嚙みしめ、ノアは巻き取るように手首を返してはねのけた。

「しばらく屋敷に下がれと言ってあったのに、ずいぶん早いですね」

「たまたま城に来てまして」

にっこりと、食えない顔でクロヴィスは微笑む。睨みつけると、宥《なだ》めるように両手が上がった。

「本当ですよ。父が領地から出てきて、サロモン様とお会いするので、そのお供で。マティアスには今日登城すると伝えてありました」

「――マティアスはどうも、私に言わないことがたくさんあるみたいですね」

理由がわかれば私だってむやみに腹を立てるわけじゃないのに、と思いながら、ノアは苦い気分でクロヴィスを見つめた。

泰然《たいぜん》と立っているだけで絵になる男だ。広い肩幅と引き締まった腰は均整が取れていて、脚は長い。クロヴィスなら身体ひとつで相手に信頼感を与えられるだろう。ノアが両手で振り下ろした剣を受けとめられるくらい、腕力だって備わっている。

ノアは無言で剣をかまえた。クロヴィスがかまえるより速く、踏み込んで迫る。受けにくい腹を狙《ねら》った剣を、だがクロヴィスは身軽にかわし、下から掬うようにして切り結んでくる。

「ノア様は身が軽いので、不意を突くのはいい戦法ですが、鍛えたいのでしたら正面から打ちあう練習をなさったほうがいい」

「――言われなくてもわかっています」

落ち着き払っているのが腹立たしい。ノアは一度剣を引き、すばやく踏み込んだ。高い金属音が響くのと同時、重たい衝撃が腕を走る。かまわず二度、三度と打ちあうと、逆にクロヴィスのほうが仕掛けてくる。冷静にかわしたノアに、クロヴィスが微笑んだ。

「さすが、落ち着いていらっしゃる」

「この程度は当たり前です。クロヴィスも真面目にやりなさい」

侮られたくなかったが、背中にはすでに汗が伝っていた。ほんのわずか手をあわせただけでも、圧倒的にクロヴィスのほうが強いのは明らかだった。これが戦だったら、ノアなどすぐに殺されてしまう。長く打ちあって隙《すき》ができれば、万にひとつくらいは勝機があるかもしれないが、体力もクロヴィスのほうが上だ。

むきになったらそれこそ負けだと思いながら、いくら打ち込んでも剣をぶれさせることができず、だんだんと手が痛くなってくる。悔しくて、ノアは全体重を乗せて右足で踏み込んだ。

今度こそ、と願って走らせた剣先が空を切る。よけたクロヴィスはすでに剣を下ろしていた。

「休憩しましょう、ノア様」

「まだ続けられます」

「腕が痺れているでしょう。息も上がっている。無茶をすれば力がつくというものではありませんよ」

手を差し出され、今斬りつけたら倒せるだろうか、と一瞬考えて、ノアは諦めて剣を渡した。

「マティアスがちょうど飲み物を持ってきてくれたようです。今日は陽差しがきついですから、しっかり身体を冷やしてください」

クロヴィスは両開きに開け放された扉に向かって歩いていく。がっしりした背中の厚みにじわっと苦しくなって、ノアは走って追いかけた。ぐい、と背中の真ん中を押すと、クロヴィスが驚いて振り返る。

「ノア様?」

「なにを食べたらこんな、腹が立つくらい筋肉がつくんですか？　腕だって、私の二倍くらいあるじゃないですか。最低です」

服ごしにも、クロヴィスの筋肉は張りつめていた。二の腕に指を食い込ませて揉み、揉めるほど肉がつくなんて、と唸りそうになる。

「手は大きいし……胸も、おなかも」

クロヴィスの腹筋は、触れた途端にぐっと力がこもって硬くなった。見せつけているのか、と悔しくて俯き、ノアは顔を歪めた。

「ちょっと待ってください、太ももにも筋肉がついてるじゃないですか」

思わずかがみ込んでぐいぐいと太ももを摑むと、クロヴィスが天を仰いだ。

「勘弁してください……目眩がしそうだ」

「？　太ももを揉むと貧血になるんですか？」

そんな話は聞いたことがない。ノアは眉をひそめて立ち上がった。

「そんなことより答えなさい。普段の食事はどうしていますか？　やはり、馬みたいにいっぱい食べるんですか？」

「ノア様、俺のことけっこう馬鹿にしてますか？」

はあ、とため息をついたクロヴィスは、正面に立ったノアをそっとよけて行き、壁際に置いていた鞘《さや》に剣をおさめた。戻ってくるとノアの背中に手を添えて、建物の中へと導く。

「冷たいものを飲んで少し落ち着いたほうがいいですよ。無意識に男の前でしゃがむなんて真似は、頭に血がのぼっていないとできないはずですからね」

「………、あれは、」

かあっと顔が熱くなった。たしかに、王として不適切な行動だった。クロヴィスの引いてくれた椅子に腰を下ろし、仕方なく言う。

「軽率な真似は詫びます。でも、しゃがんだだけで、クロヴィスに跪いたわけではありません」

「跪くのは論外ですが、しゃがむのもだめです。だいたい、ノア様はたくさん汗をかいていい匂いがしてるんですよ？　俺じゃなかったらあの場で襲われても文句は言えませんからね」

向かいに座ったクロヴィスはまだ咎める表情で、ノアはマティアスが渡してくれたジュースを手に唇を尖らせた。

「心配しなくても、今のところおまえ以外、筋肉が気になる予定はないので大丈夫です」

どうしてかマティアスが吹き出して、クロヴィスはまた天を仰いだ。意味が通じていないのかと、ノアは身を乗り出した。

「今日母上にお会いしたんです。お加減がよさそうなのは幸いでしたが、相変わらず私のことを心配しておいでした。王になったばかりですから致し方ありませんが、やはり見た目の問題もあると思うんです。背はもう伸びないでしょうけど、筋肉は頑張ればつけられるでしょう。少しでも威厳のある体格にしたい」

「ノア様が真面目なのはよくわかってますよ」

クロヴィスはまだ笑いを噛み殺しているマティアスを一瞥し、ノアを見て、宥めるように表情をやわらげた。

「身体というのはひとりひとり違うものです。ノア様だって決してひよわな体格というわけじゃない。

無理をするとかえって健康をそこないます」

「そんなことはわかっています。でも、食べ物に気をつけるくらい、やっていけないということはないでしょう？　いいからおまえの食事を教えなさい」

クロヴィスは思案げに顎を撫で、ノアの身体を眺めた。

「俺と同じ食事にする必要はないですが、肉は、増やすといいかもしれません」

「――やはり、脂《あぶら》をとらないとだめでしょうか」

煮込みにしろ焼くにしろ、肉料理には必ず脂がたっぷり使われるから、ノアは苦手だった。魚でも、秋の湖でとれた脂っこいものを食べると気分が悪くなる。数日は食欲が落ちてしまうから、なるべく避けているのだが、吐き気を我慢してでも食べたほうがいいのかもしれない。

だが、クロヴィスは首を横に振った。

「脂はむしろ少ないほうがいいです。なるべく脂肪のない肉を蒸したり茹《ゆ》でたりします。煮込むなら脂は加えずに。味は落ちますが、身体にはいい」

「……そうなんですか？」

「嫌いでなければ、羊《ひつじ》がおすすめですね」

あまり好きではないが、脂を使わないなら食べられる気がする。ああいうふうになれるかも、と思ってクロヴィスの腕を見つめて、ノアは大きく頷いた。

「マティアス、明日の夜からはさっそく羊を、脂なしで出すように伝えてください。クロヴィスは、明日から毎日二時間、私の鍛錬につきあうように」

苺のジュースが火照った喉に心地よい。一息に飲みきって、ノアはすぐに立ち上がった。

「それと、昼食は執務室に運ばせてください。調べなくてはいけないことがいくつもあるんです」

細かな政策は基本的に、朝議に参加する貴族たちが決める。だが、それに最後の決断を下すのはノアだ。政《まつりごと》は国中のあらゆることに関係するから、内容は多岐にわたる。あんなに勉強してきたのに、いざ王として書類に向きあうと、自信を持って決められることのほうが少なかった。

「執務室に行く前に書庫に寄ります。持ち出すものが多くなりそうなので、誰か運ぶ者をよこしてください」

「俺が行きましょう」

あとを追うようにクロヴィスも立ち上がり、ノアは顔をしかめた。

「クロヴィスは夫候補というだけで、雑用係ではないでしょう。余計なことはいいです」

「できるだけおそばにいるのも夫候補のつとめですから、余計ではありませんよ」

横に並ぶと、ふわりと体温が漂ってくる。さきほど身体を動かした熱が、彼の中にもまだ残っているのだと気がついて、肌がさっと粟立った。——そういえばさっき、蜜香のことを言われなかったか。

慌てて二歩、クロヴィスから遠ざかる。

「フ、フェロモンを嗅がせては発情させる魂胆《こんたん》ですか？　その手には乗りませんせん」

「逆です、ノア様」

見下ろしたクロヴィスが、ノアのうなじから優しく髪をかき上げた。不意の接触にびくりと足をとめると、汗で湿った首筋に、涼しく空気が当たる。自分の蜜香が鼻を掠め、今更、上着を脱ぎ捨てたのが悔やまれた。

「ほら、香っているのがわかるでしょう？　書庫管理長はレミー様です。彼はベータですが、蜜香に興奮するベータは山ほどいます。あなたをお守りするのに、俺がいないと」

子供に言い含めるような口調なのに、地肌から髪を梳く指の動きがなまめかしく感じられて、ノアは咄嗟に顔を背けた。逃げよう、と思ったけれど、足は動かなかった。

「服、を」

後頭部に感じるクロヴィスの手の熱に、ぶるりと震えが走る。

「着替えてから行きます……から、」

「服を替えたくらいじゃ蜜香はやわらぎませんよ。この肌から香るんですから」

つ、と指が首にすべる。やわらかく首筋が揉まれ、ノアは短く声を漏らした。

「ッ、や、」

「そのまま、少し目を閉じて。力を抜いて、深呼吸をしてください」

腰にも手が回る。そうしながらクロヴィスは首のつけ根を揉み込み、髪に鼻先を埋めてきた。

「ノア様の気持ちもわかりますが、焦ってもいいことはありません」

触られ、抱きしめられて落ち着けるわけがない、と思ったが、肩と首の境の固いところに指が食い込むと、思いのほか気持ちよかった。気持ちいい、と認識してしまうと、勝手に深いため息が出る。目の底がじんわりと熱を帯び、ノアは抗うように呟いた。

「クロヴィスには絶対、私の気持ちなんてわかりません」

「わかりますよ。レミー様が、俺はクロヴィスより優秀だって言ってたの、覚えていませんか?」

クロヴィスの声には穏やかな笑みがまじっている。ノアは額を彼の胸に控えめにくっつけた。

「騎士学校ではクロヴィスがずっと二位だったんですよね。でもあれは、レミーの不正だという噂もあったのでしょう?」

悪口だとマティアスのことは窘めたが、実際に手合わせした今となっては、クロヴィスがレミーに劣っているとは思えなかった。

「なんにしても、残っている記録では、首席はすべてレミー様です。初めはもちろん、ずいぶん苛立ちましたよ」

「――それは」

すごく悔しいのではないか、とノアは思う。実力が評価されないというのも、努力が報われないのと同じくらい、あるいはそれ以上にやるせないだろう。

クロヴィスは揉むのをやめて、再びノアの頭に手を添えた。髪を整えるように、静かに撫でられる。

「俺の場合は、父が言ってくれたんです。きちんと努力していて、おまえに素質があるならば、焦らなくても報われる日が来るって」

「――」

「ノア様が王太后に認められたと思えるようになるのも、そう遠くないですよ」

深みのある声は、うっかりすると信じてしまいそうなほど心地よく聞こえた。ノアは額を押しつけたまま唇を尖らせた。

「全然、根拠がないです」

「根拠ですか」

くっとクロヴィスが笑いを噛み殺す。

「ノア様、頑固ですよね」

「――笑うところじゃないでしょう。本当におまえは失礼ですよ」

「すみません、反応が新鮮だからつい」

しつこく笑いまじりの声を出して、クロヴィスは何度もノアの頭を撫でる。子供扱いも失礼だと思ったが、やめろとは言えなかった。

この前もそうだった。クロヴィスに触られていると、声が出ないときがあるのは――彼がアルファだからだけではない気がする。

なぜだろう、と不思議に思うノアを撫でながら、クロヴィスは少しのあいだ考え込み、やがて口をひらいた。

「根拠が必要でしたら、サロモン様に相談役として戻ってきていただくのはいかがですか？」

「なぜサロモンの話になるんですか。……まさか、頼まれたんですか？」

だとしたら許さない、と顔を上げて睨むと、クロヴィスは眩しげに目を細めた。話の内容にそぐわない、甘い表情だった。

「もちろん頼まれていません。宰相に戻せとか、御前会議に参加させろというんじゃないんです。ただあの方は、長く先王の片腕でした。ノア様の教師のひとりでもあったんですから、ノア様が知りたいことについても、助言をくださるはずです。闇雲に調べるより、知っている者から学ぶほうが効率的でしょう」

「――それは、そうですけど」

「俺に食事のことを質問できるなら、サロモン様にも質問できることが、たくさんあるのではありませんか？　彼と話して、俺の言うとおり、サロモン様もノア様を敬愛しているかどうか確かめてみることもできますから、一石二鳥です」

でも、と反論しそうになり、ノアは唇を噛んだ。サロモンをいやだと思ってしまうのは、父との会話がどうしても忘れられないからだ。彼の仕事ぶりが悪かったという話を聞いたこともないのに、傷ついたことだけを理由にするのは、たしかに王として相応しくなかった。

「………わかりました。サロモンを、呼んでみます」

しぶしぶ頷くノアの頭を、クロヴィスはもう一度撫でた。

「ノア様は素直なのが美徳ですね」

「べつに……当たり前です。善き王は進言に耳を傾けるものですから」

「わかっていてもできない人間は大勢いますよ。偉いです」

「――からかっていますね？　そんな、赤んぼうを褒めるような言い方はしないでください」

にこにこ笑っているのが妙に悔しくて、ノアはクロヴィスの胸を押した。

「いい加減離れなさい。黙っていれば調子に乗って、べたべたべたべたと……」

突き放されたクロヴィスのほうは、なぜかいっそう嬉しげに顔を綻ばせた。

「褒めるとすぐ赤くなるところも可愛いですね」

「な……っ、ふ、不敬ですよ！」

かあっと全身が熱くなった。言うに事欠いて、可愛いとはなにごとか。

「もういい、下がりなさい！　書庫にはひとりで行きます」

「荷物持ちが必要なんでしょう。行きますよ」

「ついてくるなと言ってるんです！　これでも腕力には自信があります」

「レミー様がいるんだから、命令されても護衛なしでは行かせられません」

「まさか、レミーが後宮に入ってもいいとか言っていたのを真に受けたんですか？　あれは私を軽んじただけですよ。だいたい、城内で王に不埒《ふらち》な真似をするわけがありません」

小走りになってもクロヴィスはなんなくついてくる。しつこい、と怒鳴ろうと振り返りかけ、ノアは足首がくきっと曲がるのを感じた。

しまった、と後悔する間もなく、身体が泳ぐ。だが倒れ込んでしまう前に、かしいだ肩をクロヴィスがしっかり掴んだ。

「ほら、慌てるから転ぶんですよ。足、痛めませんでしたか？」

「……転んでません」

身体が熱いだけでなく、屈辱感と羞恥で震えが走る。涙まで出そうで、ノアは繰り返した。

「転んでないのに適当なこと言わないでください。クロヴィスが手出ししなくても転びませんでした」

「……そんなに恥ずかしがらなくても」

「恥ずかしがってません！」

潤んだ目でキッと睨むと、クロヴィスは狼狽えたように視線を彷徨わせた。抱いていたノアをまっすぐ立たせてくれながら、あらぬ方向を見て呟く。

「ますますあなたをひとりにしておくのは心配になってきましたよ。先王が案じて外に出さなかった理由がよくわかる」

低い声はどこか不機嫌そうにも聞こえた。腕は囲うようにノアを離さないままだ。

「いいですか。これからは俺がそばにいますが、よく覚えておいてください。あなたは自分が思うよりずっと、魅力的な存在です」

ノアは押しのけようと上げた手を、半端な位置で握りしめた。転びそうになった話をしていたはずなのに、いきなりなんの話だろう。勝手にそばにいるなどと決められては困る。でも、魅力的とはどういう意味かも気になった。王だから、取り入りたい人間が多いということか。

「理性がある者やまっとうな人間なら、その魅力は正しい方向に作用して、ノア様を支える存在にもなります。でも、世の中には奸佞《かんねい》な人間だって多い。そういうやつは、あなたの視線ひとつ、ほんのわずかな蜜香でも、歪んだ欲をつのらせるんだ。それくらい、自分が他人を惹きつけるのだと、忘れないでください」

「……なんだ、そんなことですか。言われなくても、自分がオメガだと忘れることなど、一秒だってありません」

「そうじゃありません」

焦れったそうにクロヴィスは呻いて、ぐっとノアを押した。背中がとん、と壁に当たるのとほぼ同時、クロヴィスの顔が近づき、唇が触れてきた。

「……っ」

弾力のある温もりがノアの上唇を挟み込み、離れたかと思うと下唇を啄《ついば》む。最後に呼吸を吸うようにしっかり重ねあわされ、ひくっと指が跳ねた。

――口づけだ。

唇と唇で口づけあうのは、心を通わせた恋人同士の行為のはずなのに。

（……まさか、クロヴィスが、私を？）

呆然としたノアの唇を、クロヴィスは指で撫でた。口の端には思わせぶりな笑みが浮かんでいる。

「こんなふうに襲われたくなかったら、今日から俺をずっとそばに置いてください」

「お……脅す気ですか？」

「そばにいろとご命令をいただくまで、キスしてもいいですよ」

「――おまえが一番危ないじゃないですか……」

今更のように唇が痺れて、ノアは拳でそこを拭った。膝から崩れ落ちてしまいそうで、なんでこんな男を夫候補に選んだのか、皆に文句を言いたくなる。今すぐクビにだってできるんだと思いつつ、けれど結局、口をついたのは別の言葉だった。

「……仕方ないから、書庫にはつきあわせてあげます」

「ありがとうございます」

睨んでいるのに、クロヴィスはにっこりと笑いかけてくる。親しげにゆるんだ幸せそうな笑みになんだか息がつまりそうになり、ノアは顔を背けながら内心で言い訳した。

これはあくまで仕方なくだ。

これ以上廊下で揉めるのも面倒だから、受け入れただけであって、許したとかじゃないし、口づけのせいとかではない。

どきどきと心臓が跳ねているのは不意打ちされた怒りが原因だ。「クロヴィスはもしかして、本気で私が好きなのだろうか」なんて、全然、気にしてもいない。

（クロヴィスが私をす、好きでも、関係ない。空気だと思って無視しておけばいいんだ）

空気、空気、と小声で呟きながら、ノアは何度も唇に触りたくなるのをこらえた。


六月に入ると、アメロンシエは暖かさを増し、日ごとに緑が勢いを増していく。

初めは存在感がありすぎるクロヴィスが常にそばにいる生活に緊張したものの、彼は控えめな態度を崩さず、むしろ拍子抜けするほどだった。おかげでほどなくノアも慣れて、悪くないな、と思いはじめた。

朝でも夕方でも、気が向いたときに剣の稽古につきあわせられるし、寝る前に首や肩を揉んでもらい、「おやすみなさい」と頭を撫でられればよく眠れた。適度に距離を保たれているせいで、アルファのフェロモンも気にならなかったし、一度発情期が終われば、次に発情するまでは二、三か月はかかると言われてからは、身がまえずに過ごせるようになった。

悪くない、どころか、なかなか充実した毎日だ。

今日もクロヴィスとマティアスを従えて執務室に入ると、中で待っていたサロモンが穏やかな目を向けてきた。

「ノア様。隣国シュティーア帝国から、手紙が来ているそうですよ」

「シュティーアから?」

即位の祝いならすでに受け取っている。書簡をこまめにやりとりしているという話は聞いたことがなかったが、机の上に置いてある大きな封筒には、たしかに隣国の紋章の封蠟《ふうろう》が捺されていた。目を通し、ノアは困惑して顔を上げた。

「親睦を深める宴をひらくから、帝国を訪問してほしいとのことです。皇子や皇女とも会ってほしいそうなのですが……」

ノアは国内でさえ、即位のときに各国からやってきた使者としか謁見《えつけん》したことがない。地方巡行もまだなのに、いきなり外国に出かけていくのは緊張してしまう。だが、サロモンは微笑んで頷いた。

「よろしいのではないですか。ノア様が見聞を広めるのにもよい機会ですし、シュティーア帝国ならば安全です」

「たしかに、シュティーアではオメガもベータのように普通に暮らしているといいますが……」

皇帝はアルファなのだ。ちらりと目を向けると、クロヴィスも頷いた。

「シュティーアでしたら俺もそれなりに知っています。皇子様と皇女様とは面識もありますが、気さくでよい方たちですよ。ノア様のバースはご存じですから、宴では配慮してくださるのでしょう。行ってみたくはありませんか？」

「——興味は、あります」

気後《きおく》れはするが、いつまでもどこにも行かないまま過ごすわけにもいかないなら、早く慣れたい気持ちもあった。それでも、いきなり隣国というのは不安だ。

（実際に会って、皇帝はもちろん、皇子たちにもがっかりされたりしないだろうか）

噂によると、アルファの皇帝はたいそう美しく、威厳を備えた有能な君主として、国民の人気も高いという。そんな人から見れば、ノアなどちっぽけな存在に違いない。

黙り込むと、お茶を淹れてくれたマティアスまでが「大丈夫ですよ」と言ってくる。

「最初にシュティーア帝国に行っちゃえば、自信がつきそうじゃないですか。気にしてらしたロンブトンにだって、ちょちょいのちょいで行けますよ、きっと」

「クロヴィスとマティアス、両方お連れになればノア様も安心でしょう」

サロモンが言い添えて、励ますようにあたたかな眼差しを向けた。

「先王はシュティーア皇帝とは親交がおありでしたし、お会いするたびにノア様のことを自慢してらしたのですよ」

「父上が？」

ノアは思わず身を乗り出した。

「ええ。勉強熱心で、自分よりも物知りだと褒めてらっしゃいました」

榛色《はしばみいろ》の目を細めたサロモンは、まるで孫でも見るかのような優しい表情だった。

「きっと今ごろ、天国でお喜びだと思いますよ。こんなに立派に王としてのつとめを果たしておられるのですから」

「……そうならいいのですが」

ノアは困ってお茶を口にした。昔勉強を教わっていたころから、サロモンはいつもこんな感じだった。常に落ち着いていて穏やかで、物腰がやわらかい。だからはじめは、ノアも好きだった。彼が教えてくれるのは主に歴史や国の仕組みについてだったが、質問するとたいていのことは知っていて、魔法使いみたいだと思ったこともある。

好きだったからこそ、オメガでなければと嘆く父にサロモンが同意したことに傷ついたのだ。信じていた褒め言葉はすべて空虚になり、以来ずっと苦手だったけれど——こうして相談役として顔をあわせるようになって半月が過ぎても、ノアは判断しかねていた。

あまりに態度が一定だから、かえってサロモンの真意がわからないのだ。

クロヴィスを見ると、彼は「どうかしましたか？」と言うように片眉を上げる。くつろいだ雰囲気はまるでなにも考えていないかのようだ。おまえが言うからこうやってサロモンとも話しているのに、と文句を言いたくなって、ノアは背筋を伸ばした。

「皆がいい機会だと言うなら、招待を受けて行ってみることにします。行くとなれば、二週間は留守にすることになりますが——サロモンは宰相に戻りたいですか？」

「宰相の職はわたくしが戻りたいだとか、誰かがなりたいからという理由で決めるものではございませんでしょう。ノア様が必要だと思う方を選ばれるべきです」

露骨に試す質問だったからか、サロモンはそつなく返答をよこす。ノアは重ねて訊いた。

「では、サロモンには私を支えたいという希望はないのですね？」

「どんな職に就いても、就かなくても、国民として常にお支えする気持ちでおりますよ」

「……本当に、天国の父が私に満足していると思いますか？」

「もちろんでございます」

丁寧に礼をして答えたサロモンは、頭を上げると、懐かしむような笑みを浮かべた。

「ただ、先王は心配症でいらっしゃいましたからね。やきもきしたり、戻ってきて手伝いたい気持ちになったりしていらっしゃるかもしれません」

「――そうでしょうね。父はいつも、私がオメガだからと、なんでも心配してばかりでしたから」

「父親だからですよ」

苦い気持ちで顔を背けかけたノアは、そう言われてサロモンを見た。

「親というのは、子供がいくつになっても心配してしまうものです。どんなに出来のいい子供でも、いずれは自分の手を離れていくとわかっていても、庇護したいという気持ちをなくすのは難しい。無論、上手に手放せる親もいますし、子に愛情を抱けない親もいますが、先王はノア様を愛しておいででしたから。長く子宝に恵まれず、やっとお生まれになったのがノア様で、それはもう、国中誰もが幸せな気持ちになるほどお喜びでいらしたのですよ」

だからこそです、とサロモンは言った。

「オメガに生まれついてしまったのはご自分のせいではないかと気に病まれて、引け目に感じてしまわれたのでしょうね。お妃様もそうですが、ノア様と同じで、真面目で責任感の強い方だったのは、よくご存じでしょう。ノア様が努力されればされるほど、ああまで頑張らせなければならないのがつらいとおっしゃって——逃げるようにノア様と会う機会を減らしてしまわれたのです。褒めてさしあげるだけでいいんですよと幾度かは申し上げましたが、普段は謙虚で柔軟なお父上らしくもなく、聞き入れてはいただけませんでした」

ごく小さなため息をつき、「でも」とサロモンは続けた。

「それも結局は、お父上がノア様を深く思う故だったことだけは、間違いありません。でなければ隣国の、それもアルファの皇帝に息子の自慢などしませんよ。決して余所には婿に出さないと決めておいでだったのに、それでも自慢せずにはいられないくらい、ノア様のことは大切に、誇りに思っていらっしゃったのです」

ノアは肘掛《ひじか》けをきつく握りしめた。

知らなかった。否、父がどんな思いでいるかなど、想像したことがなかった。ただ、オメガであることに失望されているのだろうと思い込んでいた。

沈黙と、開けた窓からの風とが四人のあいだを流れていき、遠く鳥の声がした。滲みかけた涙を息をとめてやり過ごし、指で何度も肘掛けを撫でる。

父も座った椅子だ。この部屋にいる父をノアは見たことがないが、黙々と執務に励む姿を想像するのは簡単だった。

（もっと、共に過ごす時間があればよかったのに）

一度俯き、きゅっと腹に力を入れて、ノアはできるだけ毅然と前を向いた。

「――サロモン。私が留守のあいだは、よろしくお願いします」

「かしこまりました」

深くお辞儀するサロモンをしばらく見つめ、ノアは帝国からの手紙をたたんだ。すぐに返事を用意するように指示を出して、席を立つ。

「五分だけ休みます。――クロヴィス」

呼ばれたクロヴィスは、黙って露台までついてくる。部屋の中からは見えない位置に立って、ノアは手すりに手を添えた。三階にある執務室の露台からは、手入れの行き届いた花の庭が見下ろせる。今はちょうど、国樹の六月果《アメロンシエ》がたわわに実をつけていて、紫がかった赤い色が美しい。

庭を見ていれば表情を見られることはないだろう、と思ったのだが、クロヴィスは後頭部に触れてきた。

「……蜘蛛はついてないと思いますけど」

「ノア様が撫でてほしいかと思いまして」

クロヴィスはそのまま髪を梳く。振り払わずに、ノアは「特別ですよ」と呟いた。

「撫でてもいいから、教えなさい。――シュティーア帝国では、なにか母上に贈るのにふさわしいものは買えるでしょうか」

「なんでも揃う国ですが、お土産なら陶器はいかがですか。大陸一の有名な窯がありますから、美しい茶器を贈れば、王太后様と一緒にお茶を飲みながら話す時間も作れます」

「じゃあ、それにします。シュティーアは楽しかったとお伝えしなくてはいけませんから」

なるべく普段どおりの声を出したつもりだったけれど、心なしか自分でも弾んでいる気がして、ノアは口元を隠した。変なかたちに歪んでいる気がする唇の端をむにゅむにゅと押すと、髪を撫でていたクロヴィスの手がとまる。

「泣いていらっしゃいますか？」

「失礼ですね。泣くわけないでしょう」

「泣いてもいいと思いますが――こっちを向いてください」

「疑ってるんですか？　ほんとに泣いてないです」

仕方ないなとため息をこぼして、ノアは振り返った。

「ほら、全然泣いてないです」

一瞬、意表をつかれた顔をしたクロヴィスは、ほどけるように甘い笑みを見せた。ノアの腰を引き寄せて、頬にかかる髪を優しく払う。

「泣き顔もいいですが、ノア様はこっちのほうが似合いますね」

「こっち？」

「笑顔ですよ」

幸せそうな目つきをされて、ノアは「えがお」と繰り返した。

「――変ですね。笑おうなんて、してないのに」

「でも、嬉しそうだ」

「威厳がないのは困ります……、こら、ちょっと」

勝手に顔を近づけてきたクロヴィスを押しのけようとして、耳に吐息がかかり、ノアは途中で力を抜いた。抜きたかったわけではないが、頑なに拒む気になれず、おとなしく抱きしめられて口づけを受ける。耳とこめかみに唇を当てたクロヴィスは、慣れた仕草でノアの頭を撫でた。

「よかったですね」

ごくごく簡単な、誰でも言えそうな言葉にもかかわらず、囁かれるとふわっと身体の奥が浮くような心地がした。膨れた小鳥みたいに、心が丸い。ノアはおずおずとクロヴィスの背中に手を回した。

「はい。……よかった、です」

クロヴィスを信じてよかった。サロモンともう一度話せてよかった。父と母のことを思うと、たくさん後悔はあるけれど、でも、後悔できてよかったと思う。今まで以上に善き王にならねばと思うが、それは以前より、苦しくない目標に感じられた。


大きな河を渡れば、その先はシュティーア帝国の領地で、遠くまで草原が広がっていた。白いもこもこした塊がいくつも見えて、ノアは馬車の窓に張りついた。

「羊がいます……！」

実物は初めて見る。群れのそばを通り抜けると、思っていたよりも大きな動物だとわかって、ノアは振り返った。

「見ましたか？　羊ですよ、ひつじ。たくさんいました」

「シュティーアは領土が広いから、牧羊も盛んなんです」

「もちろん知っています。毛染めに使う染料は我が国が一番ですが」

先生みたいな顔で言ってくるクロヴィスに言い返し、ノアはもう一度外を見た。よく晴れていて、七月の強い陽差しを受ける緑が目に眩しい。はるか遠くには高い山々が、行く手にはゆるやかな丘陵が見える。巨大な鳥がゆうゆうと飛んで、小さな石積みの小屋の屋根へととまった。コウノトリだ。図鑑で見たときは信じられなかったけれど、本当に嘴《くちばし》が大きい。

延々と馬車に乗っているときっと退屈ですよ、とマティアスは言ったけれど、まったく飽きない。目に入るものがなんでも目新しいのだ。丘陵地帯が近づくと剝き出しになった斜面が見えて、感嘆が漏れた。

「地層だ……綺麗な縞模様ですね」

「ノア様、横ばっかり見てると首が痛くなりますよ」

斜め向かいに座ったマティアスは酔って青い顔をしている。ノアは窓を開けてやった。

「私は大丈夫です、首が痛くなってもクロヴィスが揉みますから。それよりマティアスは自分の心配をしなさい。服はゆるめていいですよ」

「すみません……不甲斐なくて」

「あと一刻もすれば宿場町です。ノア様も、マティアスもゆっくり休めますよ」

クロヴィスは木箱を開け、鉄製の容器を取り出した。同じく鉄製のカップに冷ましたお茶をそそいでマティアスに渡してやるのを横目に、ノアはうきうきと窓から顔を出した。風が気持ちいい。馬車の前後を守る騎士たちが乗る馬の、蹄《ひづめ》の音も心地よかった。翻《ひるがえ》る自国の紅い旗を誇らしく眺め、それから心配になって、もう一度クロヴィスを振り返った。

「お忍びで街を歩けるって言ってましたよね。上手に抜け出せるでしょうか」

正式な訪問だから、道中には布告がなされている。宿泊する場所はあらかじめ決められており、シユティーアに入って最初の宿場町から先は、帝国の護衛もつくことになっていた。歓迎の証しとはいえ、気ままに抜け出して遊ぶのは難しいから、街の中を見てみたいなら今日泊まる街にしよう、とクロヴィスが言ってくれていたのだ。

だが、アメロンシエの国内では、泊まる宿や屋敷には国旗が飾られ、花や果物がたっぷり用意されていたし、街道沿いで手を振ってくれる民たちもいた。泊まって一夜明けると、わざわざ贈り物を用意してくれる領主や宿の主人もいて、思っていた以上にオメガの王でも大切にされているのだと、ノアも実感したほどだ。

ありがたいけれど、帝国でもあんなふうに知れ渡っていたら、抜け出すのは難しそうだ。

「できれば、街の人ともいろんな話がしてみたいんですけど」

各地の領主と直接話をするのは楽しかった。たとえば古代語の、十二巻にもおよぶ叙事詩《じょじし》を誦《しょう》しあうのや、名産のハーブの話。美しく薄い紙を使って作る、伝統のランプや扇子《せんす》のこと。

でも、立ち寄った休憩場所で犬を撫でさせてもらったり、宿の主の家族自慢を聞いたりするのも、普段とまったく違う経験ばかりで、たまらなく面白いのだ。

あれを、できればシュティーアでも味わいたかった。

「大丈夫だと思いますよ。帝国の平民の服を用意してもらっています」

「あいすくりーむも？」

「食べられます」

クロヴィスが笑いを噛み殺しながら頷く。マティアスは青い顔のままぶつぶつ言った。

「クロヴィス様がついていれば大丈夫だと思いますけど、ノア様はちゃんと気をつけてくださいね。はしゃいで迷子になったりしたら、ごまかす役の僕が大変なんですから」

「寝る時間までには、俺がちゃんと連れて戻ります」

二人とも主に向かって失礼な態度だと思ったが、咎める気になれない。それくらい、道中は楽しかった。

浮き立つ気分で景色を眺めていると、道はほどなく丘陵を迂回《うかい》し、街が見えてきた。石壁に囲まれた立派な造りで、高い建物もある。街壁の外にまで素朴な家が建ち並び、道を行き交う人や馬も多くなる。門ではすでに街を治める領主が待っていた。

丁重に迎えられ、ひとしきりの歓待を受けたあとで用意された部屋に入ると、ノアは待ちきれずにクロヴィスに飛びついた。

「服は？　もう行けますか？」

「ありますよ。着替えたら行きましょうか」

さっそくマティアスに着替えさせてもらい、屋敷の外に出れば、待ちに待った自由時間だ。狭い路地から人の多い通りへと出ると、胸がいやでも躍った。

街の造り自体は帝国もアメロンシエも大きな違いはない。けれど、漂う空気は明らかに違っていて、胸いっぱいに吸い込むと手足がうずうずした。からりと乾いてあたたかい風も、くすぐったくて楽しい。

「クロヴィス、まずはあいすくりーむです。それから、古くからあるという地下水道の跡。できたら『悪魔の小径』と『祈りの窓』も見たいです」

「はいはい」

「返事は一回にしなさい」

叱《しか》ると、クロヴィスが手を差し出した。首をかしげたノアに、彼は「つなぐんですよ」と微笑んだ。

「ここは人が多い。きょろきょろしているあいだにはぐれたら困ります」

「なるほど」

手を握りあっていれば、万が一ノアが握るのを忘れても、クロヴィスが離すことはないだろうから安心だ。迷子対策だなと納得して彼の手に自分の手を重ね、されるがまま、指をたがい違いに組みあわせた。

「アイスクリームの有名な店が、中央広場の近くにあるんですが、俺のおすすめはそこから少し離れた店です。中央広場のほうが地下水道跡の入り口も近いんですが、どうしますか？」

「せっかくだからクロヴィスのおすすめにします。おいしいほうがいいです」

すれ違う男性の持っているかごから、やたらと長いパンが飛び出している。パンのかたちも違うのだと感動しつつ、ノアはクロヴィスに寄り添った。クロヴィスはふっと目を眇《すが》め、つないだ手を揺らした。

「緊張してますか？」

「違います。人が多くて、並んで歩くとぶつかりそうでしょう。だからなるべく、くっついてるだけです」

「この時間は家に帰ったり、夕食を食べに出てきたりする時間だから混んでますね。旅人も多いから、日が暮れてからもしばらくは賑やかなんですよ」

「クロヴィスはずいぶんこの街に詳しいんですね」

「何度か来たことがあるんです。友人も住んでる」

「友人？　帝国にですか？」

「騎士学校に入る前は、帝国の寄宿学校にいましたから。そのときの級友がこの街にいて、ノア様が今着ている服も用意してくれました」

なんでもないことのようにクロヴィスは言うが、初耳だった。無意識に顔をしかめて、涼しげな表情の彼を睨み上げる。

「友人には感謝しますが、そういう大事な話を黙っているなんてずるいですよ」

「おや、俺に興味を持ってくださるんですか？」

に、と口の端を上げたクロヴィスが、ノアの耳元に唇を寄せた。

「訊いていただければ、なんでもお教えするんですが、今まではちっとも興味を持っていただけませんでしたからね。嬉しいです」

「――べつに、興味とか、そういうことじゃないです。よく考えたらどうでもいいですね」

いちいちからかう表情なのが悔しい。私のことが好きなくせに、と考えて、ノアはつないでいない手で胸を押さえた。

帝国から手紙が来てから三週間ほどが経つ。あれ以来、クロヴィスと話すと、いつも心臓がどきどきと音をたてる。彼が自分を好きなのだとわかって見れば、眼差しや笑みはいかにも愛する人に向けるものに感じられる。それが、ノアをたまらない気持ちにさせるのだった。くすぐったいが、悪い気分ではない。痛いほど心臓が鳴るのも、落ち着かないけれどいやではなかった。

右に曲がります、とか、こっちですよ、とクロヴィスが小声で言うのを気分よく聞きながら歩くこと数分で、目当ての店に着く。氷をたっぷり敷きつめた箱の中に鉄製の容器が並び、果物とクリーム、それに砂糖を凍らせて作るというアイスクリームが色鮮やかだった。

「左から苺、オレンジ、林檎、バニラ、チョコレート、お茶です。お望みなら二種類、半量ずつ組みあわせることもできますからね」

可愛らしい女性がそう説明してくれて、ノアは目を丸くした。

「チョコレートというのはなんですか？」

「あら、旅の方なのね。うんと南の国で採れる木の実なんですよ。それを加工すると苦い薬になるんだけど、砂糖やミルクを加えるととてもおいしいの。それをうちではアイスクリームにしてるんです」

「では、それを食べてみます」

苦いと聞くとやや不安だが、未知の食べ物なんて次はいつ出会えるかわからない。おすすめだという苺と組みあわせてたっぷりと器《うつわ》に盛った女性は、ノアに片目をつぶってみせた。

「特別、多めに入れといたわ。気に入ってもらえるといいんだけど」

「ありがとう」

ノアはつないでいた手をほどいて受け取ろうとした。だが、横から手を出したクロヴィスがさっと受け取ってしまう。なぜか呆れた表情で女性を見やって、ため息をつく。

「手は離せませんから、食べさせてあげます。ノア様はあーんして」

「――左手はあいてますけど」

食べさせてもらうなんて病人じゃあるまいし、と思ったが、微妙に不機嫌そうなクロヴィスに「座って食べますよ」と引っ張られると、まあいいか、という気分になった。店の前のベンチに座り、器をノアが持った状態で匙《さじ》でアイスクリームを口に入れてもらう。

「……ん！　甘いです！」

氷のように冷たいが、やわらかくてすぐに溶ける。ねっとりと甘くて、あとには不思議な香りと苦味が残った。

「チョコレート、おいしいですね。クロヴィスも食べたほうがいいですよ」

「その前にノア様、苺もどうぞ」

淡い紅色の苺のアイスクリームも、クロヴィスが匙で掬ってくれる。素直に口を開けて入れてもらい、ノアはうっとりした。

「最高です……私、果物では苺が一番好きです。それに、チョコレートにもあいますね。クロヴィス、ちょっとまとめて掬ってください」

「はいはい」

「はいは一回……、ん、」

山盛りのアイスクリームを頬張るのは至福だった。思ったとおり苺とチョコレートはよくあう。思わずため息をついたノアを見て、クロヴィスも幸せそうに口元をゆるませた。

「ノア様、唇についちゃいましたね」

「拭いてください」

普段ならマティアスにしてもらう世話だが、今はクロヴィスしかいない。唇を突き出すと、彼はまぶたを伏せて顔を近づけた。なにか言われるのかと待ち受けたノアは、やんわり唇を食まれて目を見ひらいた。

かるく舐め、吸って離されると、ぷるんと唇が揺れる。下唇も同じように啄んだクロヴィスは、「拭きましたよ」と囁いた。

「手が離せないので、これで我慢してください」

「…………馬鹿。口づけしたいだけでしょう」

微風にくすぐられるように身体中さわさわとして、ノアは横を向いた。人が大勢通る道で、きっと見た者もいるだろう。ちらちら視線が投げかけられるが、誰も驚いてはいないから、ノアがアメロンシエの国王だと気づいた者はいなそうだ。なぜか、目があった若者が真っ赤になって顔を逸らし、ノアはちらりとクロヴィスを見上げた。

改めて見ても人目をひく美男子だ。男らしい色気のせいで注目されるのかもしれないが——もしかしたら、恋人同士に見えているのかもしれない。

「口づけなんかするから、誤解されているようですよ」

「誤解？」

「周りの人たちにです。ほら、アイスクリーム屋の女の人も赤い顔をしてます」

「俺は見られてもかまわないからキスしたんですよ」

クロヴィスはさらりと言って、器を置くと頭を撫でてくる。

「怒りましたか？　アイスクリームは全部食べていいですから、機嫌を直して」

ちっとも心配そうでない——つまりノアが怒っていないと確信した声だ。どうぞとアイスクリームの載った匙を差し出され、ノアは口を開けた。

甘く、冷たく、極上の味のする食べ物が、舌の上で溶ける。冷たい塊が喉を落ちていくのに、不思議なほど、胸や腹はあたたかかった。

「——クロヴィス」

「はい？」

愛されている。

自分はこの男に、こんなにも愛されている。

間近で見つめてくる蒼い瞳をしばらく眺め、ノアはゆるゆるとかぶりを振った。

「なんでもありません。次はチョコレートがいいです」

「おおせのままに、陛下」

冗談めかした恭しさでアイスクリームを掬うクロヴィスは、顔がいいのにちょっと滑稽《こっけい》だ。手を数分のあいだ離せばすむのに、絡んだ指はほどけない。それほどまでして触れあいたいのだろう、と思うと、苦しいみたいに胸がよじれた。少しもいやじゃない、むしろずっと味わっていたいような、甘い痛みだった。

◇　◇　◇

安心しきった顔で眠るノアの顔を見つめ、クロヴィスはその場を離れられないでいた。

夜ももう遅い。別室に下がって自分も眠らなければ、明日ノアを守るのに差し障りが出るかもしれないのに、床についた膝を動かせない。

無防備に半びらきになった唇に手を伸ばしかけ、触れる寸前で引っ込めた。上掛けであたためられたノアからは甘い蜜の香りだけがする。フェロモンの、目眩のするような匂いはしないのに、息をするとおかしくなりそうだった。

（俺は……ただの男どころか、嫉妬《しっと》深い最低な男かもしれない）

執着など人生で一度もしたことがなかったのに、ノアだけは別らしい。

道中で領主がノアの知識に感嘆する素振りを見せれば、誇らしいのと同時にむっとしてしまうし、控えめな微笑みや優雅な物腰に、街の人たちがうっとりと見惚《みほ》れるのも微妙に腹が立つ。今日のアイスクリーム屋の娘なんか、露骨に愛嬌《あいきょう》を振りまいていて、ノアがちっとも気づいていないからひやひやした。

幼少期から王位に即くまで、ごくわずかな人間としか触れあってこなかったせいだろう。ノアはいまいち、他人から向けられる好意に鈍感なところがある。悪意は鋭敏に感じとるわりに、それもすべて自分のせいだと思っている節があり、これでは両親は気が休まらないだろう、とクロヴィスも日々実感していた。

どことなく危ういのだ、などと言えばノアは臍を曲げてしまうだろうけれど——魅力的だからこそ、無防備な態度が心配だった。

シュティーア帝国の皇子と皇女とは面識がある。二人のことはクロヴィスも好きだが、自由な国風の中でのびやかに育った彼らは、一目でノアを気に入るに違いなかった。ベータとはいえ、恋愛にも自由な彼らがノアを誘わないとも限らない。とくに皇女のゾーイは、立場的にもノアと結婚してもおかしくない存在だ。

それに、会ったことのない皇帝はアルファなのだ。

アメロンシエとシュティーアでは国の規模が違う。公の場で非礼な態度を取ることはあるまいが、万が一、少しでも興味があるような態度を取られたとき——自制できるかどうか、クロヴィスは自信が持てなかった。

「——自信が持てないなんて、人生で初めてだな」

小声で自嘲して、クロヴィスは一度だけノアの髪を撫でた。疲れもあるのだろう、ノアはみじろぎひとつせず熟睡している。普段より幼く見える表情に愛おしさが込み上げて、クロヴィスはようやく立ち上がった。

(できることはしよう。——そうしないと、うっかりノア様まで傷つけかねない)

嫉妬にかられて過ちを犯せば、信じてくれたノアを裏切ることになる。せっかくはにかむような笑みを見せ、素直に身体を預けてくれるまでになったのだから、失敗したくなかった。

◇◇◇

二日後、帝国の首都にある宮殿へと着いたのは昼過ぎだった。豪奢な迎賓館《げいひんかん》は美しく、クロヴィスやマティアスにもそれぞれ部屋が割り当てられていた。専用の湯殿は薔薇とオレンジがふんだんに使われていて、旅の疲れを労《いたわ》る気遣いが感じられた。

ゆっくり過ごして迎えた夜、寝台のそばの椅子に座って、ノアはいつものようにクロヴィスに首を揉んでもらった。ほどよい強さで食い込む指を感じながら、目を閉じて呟く。

「ちょっとだけ悔しいです。帝国はなんでも大きくて、街を見ても宮殿を見ても、道を見るだけでも、豊かな国なんだとわかりますね」

「シュティーアは今では大陸一の強国ですから。歴代の皇帝が友和と芸術を好む質《たち》でなければ、周辺の国は大変だったでしょう」

大きな手のひらがうなじを包み込む。優しく肩に向けてさすられて息をつき、ノアはふと目を開けた。

後ろから漂う匂いがいつもと違う。森林を思わせる清々《すがすが》しい香りに、薄荷《はっか》の芳香がまじっていて、鼻の奥がすうっとする。かわりに、クロヴィスの匂い――フェロモンがしない。

思わず振り返ると、クロヴィスが首をかしげた。

「どうしました？　帝国を褒めすぎたなら謝りますが」

「いえ……匂いが」

言いながら息を吸い込むと、今度はかすかにクロヴィス自身の香りが嗅ぎ取れた。ほっとして、それからノアは眉根を寄せた。

「夜なのに、香水でもつけたんですか？　普段は使っていないのに」

「ああ、これは……特別です」

クロヴィスはすっと視線を逸らした。

「さすがに気づくのが早いですね。この香水を使うと、アルファのフェロモンを感じにくいというので、使ってみたんですが」

そんな香水があるなんて初めて知った。アルファ全員に使わせれば、オメガが警戒しなくてすむのでは……と考えかけ、ノアはますます眉をひそめる。

「どうしてそんなものを？」

「ノア様が発情したら困るでしょう。ここはシュティーアで、明日会う皇帝はアルファです」

「だ……だったら、おまえが下がって、私から離れていればいいでしょう」

たしかに前の発情からはふた月近く経っているから、発情の可能性はある。けれどなんだかむっとして、ノアは顔を背けた。まるで、ノアがクロヴィスのフェロモンですぐに発情するみたいな言い方ではないか。

「もう寝ます」

「だめです」

寝台に上がろうとした途端、クロヴィスが後ろから抱き竦めてくる。きつく腕が巻きつき、ノアはびくりと強張った。

「っ、離しなさい……、痛いです」

「今日は念のため、ノア様を抱きます」

吐息が耳朶《じた》を掠めた。クロヴィスが深くノアの匂いを吸い込む音が聞こえ、腹の中に熱が芽生える。反射的にくたくたと崩れ落ちそうになり、ノアはかろうじてこらえた。

「言っていることとやっていることが違いますよ。発情しないように気遣うなら、離れなさい」

「発情させてしまうわけにはいきませんが、最近触れさせていただいていないので、俺の匂いはつけておきたいんです」

ぴったりと鼻をノアの耳の下に押しつけたまま、クロヴィスは言った。

「俺が直接知っているのは皇子と皇女だけですが、彼らの親ならばさぞ優秀なアルファでしょう。今までは誰にも負けたことはないが、油断する気もありません。――あなたに、万が一にでも色目を使われないようにしておいたほうがいい」

「公の場で、皇帝がそんなことをするはずがないでしょう」

長年の友好国相手で、しかも一応はノアも王なのだ。礼を失するような真似をするとは思えなかったが、クロヴィスは抱きしめる力を弱めなかった。

「この道中で、ご自分がどれだけ人目を引いていたか、気づかなかったんですか？」

「……なんの話です？」

なんとか逃げ出そうとクロヴィスの腕を摑んだが、びくともしない。それどころか首筋に唇が押し当てられ、いっそう身体が密着する。

「ノア様は魅力的だし、知識も豊富だから、一晩過ごせばどこの領主も贈り物をしましたね。アイスクリーム屋の娘だって愛想よくするし、すれ違うだけの男も赤くなるんです。だいたい、踊る鯨亭でも皆親切だったでしょう。ベータでさえそうなのに、アルファが見たらどう思うかわかるはずだ。シユティーア帝国なら、その気になれば小さな隣国の王くらい、いつでも手に入れられます」

「それは皇帝に対しても無礼な邪推《じゃすい》です、よ――、ぁ、」

ちゅるりと耳を吸われ、ノアは喉を反らした。たちまち肌が粟立って、目の奥でいくつもの色が舞う。幾度か口づけたクロヴィスは、押し殺した声で囁いた。

「無礼は承知の上です。一瞬でも、俺の匂いで相手が踏みとどまってくれればいい。――俺がそばにいるだけでは、不安なんです。あとから悔やみたくない」

薄い寝巻きの上から、クロヴィスは揉むように胸に手を這わせた。乳首を探り当てられて、じんとした疼きが走り抜ける。かるくいじられれば股間があっけなく反応し、ノアは身をよじった。

気持ちいい。こんなふうに触れられるのは久しぶりで、抱かれる、と思うだけでも意識が霞みそうになる。

ほしい。腹の中に広がるあの子種の感触が——恋しい。

「っ、だめ、……あ、……、ん、ぅ、」

くりくりと乳首を捏ねる動きにあわせて、どうしても腰が揺れた。後ろの、硬くて熱いクロヴィスの肉体が、ぞっとするくらいに魅惑的に思える。

「だめ……っ、こんな、の……ん、発情、して、しまいます……っ」

身悶えると、クロヴィスの脚が太ももを割り、じっくりと股間をこすり上げた。じゅわっと性器から誘い蜜が溢れ、薄い寝巻に染みを作る。見下ろして、ノアは涙目になった。

「っやめ、や、ぁ、出て……っ、出てる、からっ」

「発情しないように香水をつけたんですよ。そのうえで、あなたが俺のフェロモンをあまり感じないですむように、このまま後ろから抱きます。挿入はするが中には出しませんし、深くも、長くも攻めません。……お許しいただけますね?」

艶のある声がだめ押しのように耳に注ぎ込まれ、ノアはかくんと頷いた。もうあとには引けない。反り返るほど勃った性器からは休みなく蜜がこぼれていて、すぐにでも子種を出したかった。尻の孔までが疼いて、襞をかき分けてほしくてたまらない。

クロヴィスは黙ってノアの寝巻きを脱がせた。下穿きも脱がせて、寝台を示す。

「膝立ちになって、寝台の飾り板を摑んでいてください」

ノアはのろのろと寝台に上がった。言われたとおり、枕の上の飾り板の端を握る。クロヴィスは背後からノアの股間に手を差し入れた。

「ん、う……ッ、んっ……」

にちゅっ、と音をたてて誘い蜜を拭われる。べったり濡れた手は尻のほうへと抜け、会陰から孔までぬめりをまとわせた。数回同じ動作を繰り返したクロヴィスは、指先を引っかけるようにして窄まりをいじり、ノアはひくりと腰を突き出してしまった。

「ッ、は、……ん、……ぁっ」

「くすぐるだけでここがひらきましたよ。きちんと覚えておいでのようだ」

第一関節だけを埋め込んで、クロヴィスはゆっくり揺らしてくる。どろりと腹の中が溶けて感じられ、ノアは両腕のあいだまで頭を下げた。下げたいわけじゃないのに、身体が言うことをきかないのだ。飾り板を摑んだ手は震えていて、今にも力が抜けそうだった。

「ぁ、……クロヴィス……っ、するなら、はや、く……っ」

「もう少し慣らします。ノア様も痛いのはいやでしょう?」

指がいったん抜け、陰嚢に向けて肌をなぞられる。ひん、と小さく悲鳴を漏らし、ノアはいっそう尻を突き出す格好になった。くにゅりと陰嚢を揉んだクロヴィスは、下から上へと性器を撫で上げ、唸るような声を出した。

「前よりさらに誘い蜜が出ていますね。敷布に水溜まりができてる」

反射的に視線を向けると、たしかにどろりとした蜜が絶え間なく垂れ、下に溜まっていた。見ているあいだにびゅっと勢いよく溢れ、それを隠すように長い指が幹に絡んだ。控えめにひらいた鈴口を、手のひらを使って撫で回される。

「あ、あ……ッ、い、いた、ぁ、それ、いた、いです……ッ」

「気持ちよすぎるんですね。――こんなに出されると、俺のほうが保ちそうにない」

常よりさらに低い呟きに、勝手に身体が竦む。手からは力が抜け、ノアはとうとう枕の上につっぷした。性器を掴まれているから、腰だけは高く上げた格好で、震えながらこすられる刺激を受け入れる。

「だめ……、クロヴィス……っ、こだねっ、こだねも、出る、から、ぁっ」

「どうぞ、出してください」

クロヴィスは手の動きを速め、小気味よくしごきたててくる。じゅこじゅこと音が響き、聞くに耐えないその音に目を閉じた直後、ノアは突き抜ける快感に背をしならせた。

「ん、んん……ッ！」

白濁を噴きながら、何度も身をくねらせる。出し終わっても快感だけは弱まらず、全身、何度もひくついた。

クロヴィスは綻びきった孔に、ゆうゆうと指を入れてくる。

「すっかりゆるみましたね。もうよさそうだ」

「は、んっ……、あっ……、ぅ、ん……っ」

二本の指でぐぱぐぱと弄ばれても、まともな声が出ない。目を開けても視界は霞んでいて、ノアは観念して額を枕に押しつけた。腰にクロヴィスの指が食い込む。濡れた孔にはみっちりと張った肉の先端が当たり、すぐにもぐり込んできた。

「——っん、ぁ、……あ、あ、……ん、あ、あ……っ」

小刻みにゆするようにして、クロヴィスが己を進める。前よりも肉杭が太く感じられ、やわらかいが狭い空洞を抉られるのが鮮明にわかった。ずん、と力を込めて穿たれると、腰の骨が抜けてしまいそうになる。無理に揺すぶられ、掘削される危うい感覚——だが、それが、くらくらするほど悦い。

あと少し。あと一突き奥に来たら、痺れるくらい気持ちいいところだ。

「は、……んッ、あ、……ッ、んん、あ、あ……ッ」

無意識にノアは尻を突き出したが、クロヴィスの分身は逃げるように浅い位置へと引いてしまい、入り口近くを掻き回した。

「あ……っや、そこ、は、ぁっ……ん、あっ、や、ぁッ」

「ノア様は奥がお好きですが、ここも気持ちいいでしょう？　むずむずして、捏ね回されると感じるはずです」

「っ、や、かゆ、い……っぁ、ン、ぁあっ、は、ん、ぁッ」

ちゅぼちゅぼ水音を響かせて律動されるたび、痺れる痒さが腹いっぱいに広がる。気持ちはいい。いいけれど、足りなかった。

「あ、あっ、クロヴィス……っ、あ、もっと、……ぁ、あッ」

「今日は我慢してください。かわりに胸を可愛がってさしあげますから」

クロヴィスはノアの腕を掴み、ぐっと後ろに引いた。反り返るように上体が持ち上がり、その分結合が深まって、ノアはびくんと腹を締めた。

「……ッ、は、……ッ、あ……っ」

「ああ、達ってしまいましたね。中が痙攣している」

口を開け、はあはあと息をつくノアの胸を、クロヴィスはゆっくり撫でた。両手を丹念に這わせ、乳首の周りをたどり、乳輪ごと摘まみ出す。

「ぁっ、あ……っ、だめ、ぇ、……ッア、あ、ぅッ」

「……可愛らしいな。胸も育ってる。こんなにふっくらさせて——いじるの、気に入っていただけましたか？」

「ッ、きにいって、な……っぁ、……ん、あ、あッ」

大きくなってしまった乳首を絞るように摘ままれながら、下からは雄で突き上げられ、ノアはがくんと顎を上げた。焦点のあわない目の奥で光が明滅する。奥まで貫かれないのがもどかしい。けれど、乳首をいじられると腹がひくつき、その分くっきりとクロヴィスのかたちを感じた。

休みなく乳首を刺激しながら、クロヴィスはノアのうなじに顔を埋めてくる。

「嬉しいです。あなたから腰を振ってくれるなんて」

「ふ、って、な……、ぁ、っや、……は、んっ、……あッ」

「動いてるでしょう。奥にほしいんですよね。――すみません」

クロヴィスは何度も首筋にキスした。

「奥まで入れて、抜きたくなくなると困る。中出しして発情されたんじゃ元も子もありませんから、できるだけ胸で感じてください」

「っい、ぁ、……ひ、ひっぱらな、あっ、あ、ああッ」

「俺だって本当は、ちゃんと抱きたい」

ぽってり腫れたように思える胸を摘まみ出され、反り返ったノアの耳に、重たく声が響いた。

「このまま、抱き潰したいくらいだ」

「――クロ、ヴィス……」

ああ、と弱いため息がこぼれた。目の奥も、頭の芯も、心臓の真ん中も、全部痺れているかのようだ。ノアの一番中心が、痺れて――喜びに震えている。

クロヴィスは自分と蜜を結びたいのだ。義務的にでなく、愛したいと思ってくれている。

抱きたいと思われるのが、これほど嬉しいなんて知らなかった。

クロヴィスは苦しげに呻く。

「また、そうやって吸いついて……あんまり煽《あお》らないでくださいよ」

非難するような声さえ甘く聞こえて、ノアは胸を這うクロヴィスの手に触れた。下半身が勝手に動いているのに気づいたが、とめる気もなく雄を吸い締めた。波打つように尻をくねらせれば、クロヴィスのほうからもずちゅずちゅと突いてくる。同時に乳首も捏ねられて、ノアは与えられる快感を追いかけた。

「あ……っ、ふ、……ん、は……ぁっ、ん、あ……ッ、は、…ん、っ」

少しずつ律動が速くなる。渦を巻いて下腹から高まる衝動がいっそ愛おしく、ノアは唾液をこぼして喘いだ。

「ふ、ぁっ、きもち、ぃっ、ん、クロヴィ、ス、……き、もちい……いっ」

「お気に召しましたか？」

訊いてくるクロヴィスの、浅くなった息遣いが耳を掠めた。はい、と頷いて、目を閉じる。

「もう、……もう、き、ます……っ」

嵐のように身体の中の熱が高まっている。強い絶頂の予感は喘ぐあいだもうねりを増し、ほどなくぱあっと広がった。

「――ッ、は、……ッ、ぁ……ッ！」

子種を噴くときの快感とはまた違う悦楽が、指先まで満ちる。腹からは何度もその悦びが生まれ、重たい波となって広がった。

身体がひくつくのにあわせて絞るように締まる内壁から、ぬっとクロヴィスが抜けていく。白濁が孔に、会陰に、陰嚢にと飛び散り、ノアは緩慢に下半身を見下ろした。

熱くてねっとりしているのが気持ちいい。もったいないなととろけた意識で思ったが、クロヴィスに抱きしめられるとそれも霧散《むさん》した。

唇を、口づけで塞《ふさ》がれる。ねじるように振り向かされて口の中を許し、ノアはぎこちなく、クロヴ

イスの首を引き寄せた。

ノアは皇帝自らそそいでくれた淡い桜色の酒から、皇帝本人へと視線を移した。

ん？　というように首をかしげた顔は、噂どおりに美しい。見る者を怯《ひる》ませるような、覇気のある美だ。その顔が、悪戯《いたずら》っぽく笑みを浮かべる。

「やはりご存じなかったか。私が女だと」

「――申し訳ありません。その、いろいろと疎くて」

「謝ることはない。即位したころは騒がれもしたが、今は誰もが皇帝、としか言わぬ。アメロンシエの先王が手中の珠《たま》と愛しんで城から出さなかったノア王なら、知らないのも道理だ」

長い黒髪をかき上げて快活に笑う皇帝は、ノアの母と同じくらいの年齢のようだった。だが、年齢も性別も、相対していると忘れるほど――厳然と、アルファだった。フェロモンが容易には嗅ぎ取れない距離でも、十分に発散される気配が伝わってくる。長身の身体はしなやかで、凛々しさと頼もしさが感じられた。

豪胆そうに見える人だが、心遣いが細やかなのは、昨晩のもてなしや今日の宴を見れば明らかだった。絨毯《じゅうたん》を敷き、そこに腰を下ろすシュティーアの宴のやり方で設けられた席には、ラヴェンダーと夜香木《やこうぼく》が飾ってある。ノアが名前の知らない、丸い花弁の白い花は優しく甘い香りだ。高座になった席からは、白い砂を敷き詰めた庭が見渡せて、美しい風景を描いた衝立の裏で楽隊の奏でる音楽が、やわらかく流れていた。

「先王は誠実な、よい方だった」

小さな杯いっぱいの酒をぐいとあおり、皇帝はノアを見て目を細める。

「見込みのないことや確信のないことは口にしない方だが、息子のこととなると別だった。我が子可愛さ故かもしれないが、それほど自慢ならば、いずれ会うのが楽しみだと思っていたんだ。息子たちにせがまれて呼びたててしまったが、来てもらえて嬉しいよ」

「こちらこそ、お招きいただきありがとうございました。――シュティーアはいい国ですね。見るべきところが多くて、道中もとても楽しかったです」

「それは重畳」

にこりとして、皇帝は自分の横に並ぶ息子と娘のほうに手を上げた。

「隣が長男のダオ、その横は娘のゾーイだ」

「初めまして」

ゾーイは皇帝によく似た美女で、濃い肌の色が艶やかだった。ダオはもう少しやわらかく、陽気な雰囲気の青年で、ノアの後ろに立つクロヴィスを見てにんまり笑う。

「会いたかったよ、クロヴィス。まさかおまえから手紙をもらう日が来るとは思わなかったから、驚いたけどな」

「え？」

ノアは後ろを振り返ってしまった。「面識がある」とは聞いていたが、手紙を出すほど親しいとは思わなかった。クロヴィスのほうは微妙に迷惑そうな表情で、あろうことか皇子を睨む。

「言うなと頼んだはずですがね、皇子様」

「嫌味な言い方するなあ。いいじゃないか、悪事じゃあるまいし。ちゃんと頼みは聞いたんだから、約束は果たしてもらうぞ」

ダオは身軽に立ち上がった。困惑して彼とクロヴィス、そして皇帝を見比べると、皇帝が苦笑する。

「今回ノア王をお招きしたのはもちろん私も会いたかったからだ。だが、元はといえば、そこのクロヴィスからの頼みだったようでね」

「クロヴィスの？」

「ダオとゾーイと彼は寄宿学校時代の友人なんだ。城から出たことのない新王に、なるべく安全な外遊先を用意したいと手紙が来てね。クロヴィスとしては息子たちと会う場を設けたかったみたいだけど、私だけのけ者なんて寂しいだろう？　大事な友好国だし、ちょうどいいから国賓として招こうという話になったんだ」

「……そうだったのですね」

手を回したなら言えばいいのに、とクロヴィスをもう一度見れば、彼は気まずげだった。

「本来なら越権行為でしょう。俺としては旧友に会ってもらうだけのつもりだったんですが、ダオの返事に皇帝も会いたがっていると書いてあって、どうしたものかと思っているうちに、正式な書簡が届いてしまったんです。サロモン様がいい機会だと後押しはしてくださったんですが」

「そんなに言い訳しなくても、怒ったりしてません」

ノアは唇を尖らせた。クロヴィスが、ノアが無茶をしないようにと考えてくれたことくらいはわかる。それに腹を立てるほど狭量ではない、と思いつつ、文句を言うかわりに息をつく。

「それで、クロヴィスから皇子にお願いをしたときに、なにか約束をしたのですね？」

「そうなんです。久しぶりに手合わせがしたくて」

快活に笑ったダオが手を上げる。従者が持ってきた剣は二振りで、ダオは片方をクロヴィスへと差し出した。

「先にやらないとのんびり酒も飲めないだろ」

「──ノア様、よろしいですか？」

律儀に許可を求めてくるクロヴィスに頷いて、ノアは杯を干した。桜の香りのする、やや甘い酒は華やかでおいしい。じんと喉が熱くなるのは、だが酒のせいばかりでなく、庭へと下りていくクロヴィスの後ろ姿が頼もしく見えるからだった。ダオもおそらく強いのだろうけれど、クロヴィスには敵《かな》うまい。

「もう一杯いかがかな」

立ち上がった皇帝が酒を持ってきて、ノアはありがたく受けた。距離を置いて隣に座った皇帝は、楽しげに庭を見やる。

「ダオが面白いやつだと褒めるので、クロヴィスには興味があったが、まさか新王の婚約者になったとはね」

ぽっと頬が熱くなる。ノアは慌てて酒に口をつけた。

「こ……婚約者では、ないのです。その、近衛騎士なので、警護で同行させていて」

「おや、秘密の恋か？　それはそれで素敵だが」

皇帝のほうは面白そうにくすくすと笑っている。

「他国には明かせないというなら気づかなかったことにするが、こうも露骨に牽制をされたのは初めてだ」

「牽制――？　クロヴィスがなにか失礼を？」

「いや。あなたの蜜香に、彼の匂いがまじっているから」

「……っ、こ、これは」

ノアは咄嗟にうなじを押さえ、意味がないことに気づいて俯いた。昨日の行為のせいだ。背後から抱かれた感触が蘇り、小さな声で謝罪する。

「申し訳ありません。あなたがおかしな真似をするわけがないのに」

「それだけクロヴィスにとって、ノア王は大事な方なのだろう。伴侶にせよ臣下にせよ、ノア王のためならなにをも辞さない覚悟があるのはいいことだ」

皇帝はしみじみと言って、再び庭に目を向けた。ノアもつられて見ると、二人はちょうど剣をかまえたところで、夕暮れ直前の眩しい陽差しに照らされたクロヴィスの顔がよく見えた。

「オメガだからといって能力が劣るわけではないが、発情という弱点はどうにもならない。弱い部分は人間誰しも持っているけれど、弱者相手に非道なことができる人間は、残念ながら大勢いる。子供や老人、女を狙う輩《やから》は、オメガも狙うものだ」

ダオ皇子が剣先を上げた。キィン、と高い音をたてて剣がぶつかりあう音に、皇帝の淡々とした声が重なって響く。

「一方でオメガはアルファの理性を奪うこともできる。我々にとってはオメガは魅惑的な存在であるのと同時に脅威にもなる。ほかに愛する者がいようと、相手を憎んでいようと、発情されればフェロモンに抗うのはほぼ不可能だ。だからアルファもときにオメガを嫌うし、支配下に置こうともする。クロヴィスもそれを身をもって知っているからこそ、あなたのためならどんな手段も取るのだろうね。——ああいう人間は、大事にするといい」

胸に沁みる言葉だった。

剣ごしにダオと視線をかわすクロヴィスは落ち着いている。じりじりとダオが押してはいるが、敢えて押させているかのようだ。一歩下がるのにあわせて剣も引いたかと思うと、今度はクロヴィスから切り込んでいく。四度鋭く打ちあい、間合いを取る動作は互いに無駄がない。いつまでも見ていたくなるようなクロヴィスの横顔から目を離し、ノアは皇帝を振り返った。

「ありがとう、ございます」

こんなにも心の底から嬉しくて、深く感謝するのは生まれて初めてだ。それくらい、幸福な気持ちだった。クロヴィスを褒められたことも、彼がノアのものだと認めてもらえたことも、同じくらい誇らしい。

(来てよかった。……ううん、連れてきてもらって、よかった)

まるで花が綻んでいくようだと思う。固く閉ざしていた世界は、知るにつれて美しさと優しさを増して、ノアに微笑みかけてくれる。

「私は恵まれていますね」

杯を手に包んで呟くと、皇帝が身体を揺らして笑った。

「ノア王の人徳だろう」

「人徳でよくしてもらえるほど、私は誰とも接触がなかったので、ただ幸運なんだと思います」

「幸運の持ち主というのも、王としては得がたい素質だよ」

彼女がもう一度笑ったとき、じっと手合わせを見ていたゾーイが「ああ」と残念そうな声をあげた。

「終わっちゃったわ」

はっとして見ると、クロヴィスが膝をついている。ダオは不満げだが、なにか文句を言う彼に、クロヴィスは首を横に振った。仕方なさそうに剣を従者に渡すと、ダオはクロヴィスを立たせて肩を組んだ。そのまま、連れ立ってこちらへ戻ってくる。ダオは膨れっ面だった。

「俺が期待してたのはこんなのじゃないよ。勝ちを譲られるほうがみっともないだろ」

「譲ったわけではなく、皇子のほうがお強いからですよ」

「――おまえに敬語を使われると気持ち悪いよ。あと寂しい」

「皇子。皇帝と王の前でしょう」

苦笑してダオを窘めたクロヴィスは、彼を座らせると酒をついでやる。微笑ましそうに見やった皇帝が立ち上がった。

「では、私はそろそろ失礼しよう。あとは若者たちで無礼講を楽しむといい。——ノア王」

長い黒髪を揺らして見下ろされ、ノアは思わず背筋を伸ばした。

「シュティーアはアメロンシエに比べると少しばかり粗野ですが、かわりに陽気で親しみやすいと自負している。どうぞノア王もおくつろぎを」

「はい。ありがとうございます」

ぎこちなさの抜けないノアの返事にゆったり笑んで、立ち去っていく姿まで堂々としていた。見えなくなると、ダオとゾーイは連れ立ってノアのそばまで来て、円を描くように腰を下ろした。

「ほら、クロヴィスも座れよ。俺に負けた罰だ、飲め」

「どうせ褒美でも飲ませるつもりでしょう」

笑いつつクロヴィスがノアのほうを見てくるので、ノアは頷いた。ダオとノアのあいだに座ったクロヴィスは、慣れた手つきで小さな杯の酒を飲み干す。喉仏が動くのをじいっと見つめてしまうと、視線を流した彼は濡れた唇の端を上げた。

「ノア様には謝らないといけませんね。皇子に負けてしまいましたから」

「そ……そんなのはいいです。二人とも強いのは、よくわかりました」

「クロヴィスは寄宿学校のときから強かったの。ダオ兄様は一度も勝てなかったのよ」

ゾーイが果物を手にしてからかうような眼差しを兄に向けた。

「下級生の女の子からもてるのもクロヴィスのほうで、兄様は皇子だっていうのに人気がなかったのよね」

「ゾーイが俺の悪口ばっかり言うからだろ。おまえ、クロヴィス大好きだもんな」

野菜や肉を載せて焼いたパンを豪快に片手で食べたダオは、汚れていない手で妹の髪を撫でる。

「でもまあ、おまえの歴代の恋人の中では、クロヴィスが一番ましだと俺も思うよ」

「え……っ」

急に明かされた事実につい声が漏れ、ノアは急いで口を塞いだ。クロヴィスは眉をひそめて首を横に振った。

「ダオ。その言い方だと、俺がゾーイ様と恋仲だったみたいでしょう」

「そうね、残念ながら、クロヴィスは私の誘いに頷いてくれなかったのよね」

兄のかわりにゾーイが言って、つまらなさそうに兄に寄りかかる。

「兄様の言うとおりよ。クロヴィスがアメロンシエに帰っちゃってから、いろんな人とおつきあいしたの。大切な夫を選ぶんですもの、大勢を吟味《ぎんみ》しなくちゃ決められないじゃない？　でも、一番はクロヴィスね。兄様の友達の中でも、私一番好きよ。……久しぶりにこうして会えて、とっても嬉しい」

皇帝譲りの華やかな美貌が、はにかむように笑うと可愛らしく見えた。じっとクロヴィスを見つめる瞳は潤んでいて、ノアはじくりと胸が痛むのを感じた。

旧知の仲だからかもしれないが、ゾーイはノアが眼中にないらしい。皇女の相手ならノアにも資格があるのに、よほどクロヴィスが好きなのだろう。それに――。

（寄宿学校時代も人気だったのか。……踊る鯨亭のみんなも、クロヴィスは男女問わずもてるって言っていたものな）

クロヴィスならそれも当然だと思うし、彼が好きなのは自分なのだとわかっているのに、なぜかもやもやした気分だった。顔をしかめて酒を飲むと、クロヴィスがおかわりをついでくれた。

「ノア様、あんまり飲みすぎないでくださいね」

小声で囁いた彼は料理も取り分けてくれる。ダオがその肩を親しげにつついた。

「どうだ。今からでも俺の義弟《おとうと》にならないか？」

ぴく、と手が強張ってしまったが、誰も気づいた様子がない。クロヴィスは穏やかに笑みを浮かべつつ、きっぱりと首を振った。

「ありがたいお言葉ですが、俺には心に決めた人がいますので」

「なに？　ついに相手を決めたのか！」

顔を輝かせてダオが身を乗り出す。ゾーイも驚いたように目を丸くしていて、ノアもまさか、と横顔を見つめてしまった。ほとんど無意識のうちに袖を摑む。そこに大きな手を重ね、クロヴィスは言った。

「ノア様です」

「ノア様って……そのノア様？」

困惑したダオたちの視線が突き刺さり、ノアはかあっと赤くなった。手を振り払おうとしても、クロヴィスは見せつけるように握りしめて離さず、堂々と「はい」と告げる。

「夫の候補に選んでいただきまして、最初の相手として、今はこうしておそばに」

「ははあ、それでおまえは俺に手紙をよこしたんだな。婚約者のためだったたってわけだ」

ダオは納得顔で何度も頷く。ノアは困って熱い耳を引っ張った。

「まだ婚約とかは……ただ、相手の候補というだけで……」

「でも、ノア様もクロヴィスのことがお好きなんでしょう」

座り直したゾーイは優しく首をかしげて見つめてくる。

「見てたらわかるわ。そんなに真っ赤なんですもの」

「これは、ち、違います」

「照れなくてもいいのに。クロヴィスのことなら、ノア様が好きになるのも納得しちゃう」

果物を口に含み、ゾーイは感慨深げなため息をついた。

「クロヴィスも、ちゃんと好きになれる人を見つけたのね。誰が相手でも物足りなそうだったのに」

「物足りなそうとはずいぶんですね。俺はそんなふうに見えました？」

苦笑して応える横のクロヴィスにも、赤くなっているのが見えているだろうか。私は好きじゃないのに、と思いながら、ノアは握られた手に視線を移した。彼の指先が優しく手の甲を撫で、ぼうっと全身が熱くなる。

「見えたわ。あなたって昔から、さらっと人がほしいものをくれたり、さりげなく助けたりしてくれたでしょう。よく人のことを見ていて、褒めるのも上手なの。だからすぐ恋されてしまうのに、長続きしなかったじゃない」

「相手に不満があって続かなかったわけではないんですが」

「でも、愛し続けられなかったんでしょう。誰のことも、あなたの『特別』にはできなかった。相手だってそうよ。クロヴィスの特別になりたかった人もたくさんいたはずだけど——アルファって、なんでもすぐにできてしまう分、心から情熱を傾けられることがなかなか見つからないのよね。父上がそうだもの。それが恋でも、愛情でも同じなのよ」

懐かしむような声音には寂しげな気配もあって、ノアはそろそろと視線を上げた。ゾーイは淡い笑みをたたえてクロヴィスを見つめていた。

「簡単に他人の愛を手に入れられてしまうから、自分からとことん愛したいと思っていても、なかなか愛させてくれる相手が見つからない。相手のほうが重くて逃げ出してしまったりする。……そうじゃなかった?」

「ゾーイ皇女こそ、よく人を見ていらっしゃる」

クロヴィスは落ち着いた笑みを返す。ゾーイは寂しいようにも見える、優しい表情を浮かべた。

「見ていて少し可哀想だったから、クロヴィスがノア様を選べたなら、私は祝福しなくちゃいけないわね」

「残念だったな、ゾーイ」

ダオはくしゃりと妹の頭を撫でた。

「おまえ、存外本気だったもんな」

「……兄様。平気でそういうことを言うからもてないのよ。ノア様の前で言うことじゃないし、私の気持ちにだって配慮が足りないわ。がさつなんだから」

ゾーイは容赦なく肘で兄を突き、ダオは痛そうに身をよじる。おまけにぺしっと叩いたゾーイは、気を取り直したようにノアに酒の瓶を差し出した。

「ごめんなさいね。クロヴィスがあなたのものだと知っていたら、昔の話なんてしなかったのに」

「……いえ」

酒をそそいでもらいながら、ノアは少しのあいだ考えて言い添えた。

「私はクロヴィスのことをよく知らないので。お二人から聞けるのは嬉しいです」

それは本音とは少し違っていたが、まるきり嘘でもなかった。大勢の女性に恋し恋されていたと聞けばなんとなく面白くないけれど——それでも、知らないよりはいい。

完璧に見えるクロヴィスにも、ゾーイが言うような孤独があったのだと思うと、今までよりも彼が身近な存在に思えた。

(……ううん。身近なんじゃなくて、もっと違う感じだ。痛い、みたいな)

胸が苦しくなるような気持ちがする。正体の知れない、せつないような気分だった。

彼のことをたくさん知れれば、この気持ちもわかるだろうか。

「もっと教えてください、クロヴィスのこと」

皇子たちのほうに膝を進めると、ゾーイは握られたままの手に目を向けてにっこりした。

「教えてさしあげてもいいけど、知りたいなら夜に、二人っきりのときに訊くといいわ」

「夜に、ですか？」

「だって、夜って素直になる時間だもの。優しい闇の中でなら、陽差しの下では口にしない秘密も、過去も、打ち明けたくなるものなのよ」

ぱちんと片目を閉じてみせるゾーイに、ノアは感心して頷いた。

「なるほど。勉強になります」

言った途端、ダオがぷっと吹き出した。なにごとかと見れば、「すみません」と手を振ったダオは笑いを嚙み殺していた。

「ノア様、真面目だなあと思って。ちょっと意外だな、クロヴィスがノア様みたいな人を選ぶなんて。まあ、王なんだから当然かもしれないけどさ」

「俺にとってノア様は、ゾーイ皇女の言うとおり特別です。でも、選ぶのは俺ではなくノア様ですよ。それと、俺をからかうのはいいですが、ノア様に失礼な真似はしないでください」

ため息まじりにクロヴィスはダオを制する。しないよ、とまたダオが笑った。

「おまえがそんなふうに言うのを聞けただけでも、再会した喜びが倍になるからね。それに免じて、さっきの手合わせで勝手に負けたのは許してやろう」

「……痛み入ります」

「敬語も許してやるから、ちゃんと飲め。祝杯だからな」

「ノア様もどうぞ」

にこにこしたゾーイがそばに来て、さらに酒をついでくれる。断るわけにもいかずに口をつけると、くらりと目が回った。杯を置こうとした手元がくるって、倒れてしまう。直そうと伸ばした手を、クロヴィスがとめた。

「少し飲みすぎましたね。だいぶ身体が熱い」

「大丈夫です」

そう言ったものの、身体を引き寄せられると抗えなかった。寄り添うようにもたれかかり、ノアは酔いとは別の目眩を覚えて唇を噛んだ。

暑いほどの気温なのに、クロヴィスの体温が気持ちいい。肩に回った手はがっちりと囲い込むかのようで、離す気のない力強さが胸をさらにざわつかせた。いっそすがりついて抱きしめてほしいような気さえして、ノアは唐突に込み上げた感情に、その身を震わせた。

「ノア様？　大丈夫ですか？」

案じてくれるクロヴィスに、黙って首を横に振る。口をひらけば言ってしまいそうだった。

（選ぶなら、おまえがいいです、クロヴィス）

ほかの候補なんて会ってみるまでもない。そばにいてほしいのはクロヴィスで、このまま、くっついて離れたくない。ノアを特別だと言ってくれる、この男を——手放したくない。

（私——クロヴィスが、好きなんだ）

きっと、これが「好き」だと思う。胸が軋んで痛む、なのに喜びに満ち溢れて、苦しい想いだ。

誘惑に負けて頭をクロヴィスの肩に預ければ、クロヴィスがそっと手を顔に這わせた。火照った頬から首筋にかけて、優しく撫でられてため息が出る。

「失礼して、休ませてもらいましょうか」

「でも……せっかくの、宴の席ですし……」

本音では今すぐだって二人きりになりたいのだが、正直には言えない。言葉を濁すと、クロヴィスは目元を撫でてくれた。

「初めての長旅で、思っている以上にお疲れなんですよ。部屋にお連れします。――皇子たちには申し訳ありませんが」

「かまわないさ。また遊びに来てくれれば……いや、今度は俺たちが行くのもいいな」

「私、アメロンシエは行ったことがないの。お隣なのにね」

「よかったら、ぜひ。歓迎いたします」

ぺたんとクロヴィスに寄りかかったままでは、威厳もなにもありはしないが、これだけは伝えておきたかった。

「お二人にも、皇帝にも、お会いできて光栄でした。お料理もおいしいし……休んだら、もっとたくさん、お話を――」

したいです、という言葉がちゃんと音になったか、ノアにはよくわからなかった。ぐらりと揺れた身体を抱きとめられ、ああだめだ、と頭の片隅で思う。ちゃんとしないと。宴の席で寝るなんて、失礼にもほどがあるし恥ずかしい。

そう思うのにまぶたが落ちて、ノアは結局眠り込んだ。


肌が冷える感触で目が覚めると、クロヴィスが服を脱がせてくれていた。目を開けたノアに気づくと、前髪をかき上げて覗き込んでくる。

「ご気分は？」

「大丈夫です。……もう夜ですか？」

「少し前に日が暮れました。よく眠れるように着替えをと思ったのですが、起こしてしまいましたね」

「かまいません。……ダオ様たちに、失礼なことをしてしまいました」

ノアは身体を起こした。寝巻きに袖を通し、重ねた枕を背中にあてがってもらう。冷たい水を飲むと、改めて不甲斐なさが身に染みた。

「恥ずかしいです……酔い潰れるなんて」

「シュティーアの酒は口当たりはいいが強いんです。先にお伝えしておけばよかったですね。ダオ様たちも申し訳ないって恐縮してましたよ。明日は朝食を一緒にとのお誘いです」

「もちろん、喜んで。――クロヴィスも一緒ですよね？」

「ノア様にお許しいただければ」

クロヴィスは布巾を濡らして絞り、ノアの顎に手をかけた。許します、と言いながら、喉を拭いてもらう。鎖骨や胸まで拭われるのが、まだ熱っぽい肌に心地よかった。

「……クロヴィスは、もしかしなくても、とても優秀なんですね」

「どうしたんです、急に」

小さく笑ったクロヴィスが、乱れた髪を梳いてくれる。ノアは「だって」と呟いた。

「皇子たちが褒めるくらいだから、寄宿学校でも成績がよかったんでしょう。腕は立つし、行動力もあります」

「行動力はあるかもしれませんね。未来の王のおそばに仕えたいと思ったら、近衛騎士を目指して、こっそり見守るような男ですから」

「茶化さないでください。私は真面目に褒めてるんです」

冗談めかして笑うクロヴィスをかるく睨んで、ノアは自分の横を叩いた。

「座って。おまえの話を聞かせなさい」

「ゾーイ様に言われたのを、さっそく実践するんですね」

クロヴィスはまた笑ったが、命令には従って、ノアに寄り添うように座ってくれた。でも、それだけだ。ノアは唇を曲げ、クロヴィスの腕を摑む。

「肩……さっきみたいに、手を回しなさい。つ、疲れてるので、寄りかかりたいです」

クロヴィスは驚いたように眉を上げ、それから嬉しげに表情をゆるませた。

「気がつかなくてすみません。どうぞ」

肩を引き寄せられて寄り添うと、馴染んだ肉体の感触と温もりが染みるようだった。頭をもたせかけ、ノアはクロヴィスの太ももに手を乗せた。

「近衛騎士を目指す前は、なにか夢はあったんですか？　わざわざ帝国まで学びに来ていたんですよね」

「ええ。うちの家は、みんな学者肌なんです」

ノアの髪をいじりながら、クロヴィスの声は穏やかだった。

「父のミュー伯爵は貴族のあいだでは変わり者で通っています。鳥類が好きで、なんの役に立たないと笑われても、ずっと研究を続けている。兄はシュティーアの大学で学び、昆虫や植物の研究をしていました。特に蜜蜂には詳しくて、領地では現在、良質な蜂蜜を生産しています」

「ミュー産の蜂蜜なら食べたことがあります。――クロヴィスのご家族らしいですね」

学問にも秀でていると聞いたことを思い出したが、クロヴィスはかぶりを振った。

「俺は養子なので、彼らとは似てないんです」

「養子？」

「ミュー伯爵の従兄《いとこ》の息子なので、兄とは実際には再従兄弟《はとこ》になります。流行病《はやりやまい》で両親も妹も死んで、俺だけが残ったのをミュー伯爵が引き取ってくれました。伯爵も奥方を病で亡くしたあとで、大変だったとは思うのですが」

「そうだったのですね」

全然知らなかった。そういえば、ノアが生まれる少し前には、質《たち》の悪い病気が流行した時期があった。

「ごめんなさい。いやな記憶を思い出させてしまいましたか？」

「いいえ。幼いときのことですし、ミュー伯のことも兄のことも、実の家族のように敬愛しています。でも、養子という事実は覆りませんから――子供のころは、引き取ってよかったと思ってほしい、二人に認められたいと思っていました。それで、学問の分野で有名なシュティーアの寄宿学校を選んだんですが」

「こちらの寄宿学校に入るには試験があるはずですよね。入学できるなんて、やっぱり優秀です」

「まあ、勉強はずいぶんしましたからね。でも、他人より勉強ができても、父や兄のようにはなれないんです。学べば覚えられるが、なにかを突きつめて研究したいという欲は湧いてこなかった。勉学には勉学の才能が必要なんだと痛感して、結局は帰国して、騎士になろうと決めました」

「じゃあ、騎士になるのが目標になったのですね」

「父や兄と分野がかぶらないほうが、認めてもらいやすいという邪《よこしま》な理由ですけどね。寄宿学校では剣技で負けたことはなかったので、自負もあった。ところが実際にはレミー様がいて、俺は一番にはなれなかった」

むぅ、とノアは顎を引いた。前にも聞いたが、今となっては確信がある。ダオでさえ勝てないクロヴィスに、あのレミーが勝つなんてありえない。

ノアの不機嫌な表情に、クロヴィスは愛おしげに目を細めた。

「レミー様が自分で指示したこともあったでしょうが、ほとんどは学校の教師の独断だったと思いますよ。ボードワン様は騎士学校にも多額の寄付をしているし、長年書記長をつとめていて、貴族たちにも顔がきく。機嫌をそこねればクビにされると怯えた者も多かったのでしょう」

「だからといって、不正は許されることではありません」

「俺も当時は悔しかったですが、もう過ぎたことです。ついでに言うなら、本気で首席になりたいなら、やり方はあったと思います。でも、そこまでやる気にもなれなかったんですよ」

彼の声が自嘲の響きを帯びる。

「ゾーイ様の言ったことはある意味正しい。人が感嘆してくれる程度になるのは、アルファにとってはさほど難しくないんです。でもその先に、なにをしてでも叶えたいことがない。騎士になる気で戻ってきた気持ちがレミー様の件で削がれて、一度は遠い異国にでも行こうと考えたこともあります。それでも学校を辞めなかったのは親友のおかげだ」

ノアは肩に頬を擦り寄せた。憎たらしいくらい余裕のある大人だと思っていたけれど、彼にも今のノアと同じくらいの年のときがあったのだ。クロヴィスがどんな気持ちだったかを思うと、自分まで苦しい気がする。当時の彼を抱きしめられないかわり、控えめに彼の腕にしがみつく。

「その親友には、ジャックという弟がいるんじゃないですか？」

「踊る鯨亭で聞きましたか？　あいつら、思っていたよりも口が軽いな」

「みんな、クロヴィスのことを慕っているようでしたよ。友人が病気で亡くなって弟が残されたのを、クロヴィスがずっと世話をしてたって、誇らしげに教えてくれました」

照れ臭そうな顔が新鮮だ。わずかに目元を赤くしたクロヴィスは、ノアから視線を逸らした。

「俺も家族を病で亡くして助けられた人間だから、父と同じことをしたら、それだけいい大人になれるような気がして援助しただけです。さすがミュー伯爵の息子、と言われたかったんですよ。子供っぽいでしょう？」

そんなことはない。ノアだって、父には褒めてほしかった。

ふるふると首を横に振ると、クロヴィスは頭を撫でてくれた。

「父はそういう俺でも、誇らしいと言ってくれるんです。なんであれ、努力ができるのはいいことだって」

「きっと素敵な方なのですね、ミュー伯爵は」

「自慢の父です」

きっぱり言って、クロヴィスはノアのほうを向いた。

「その父が、王太子の誕生日を祝う宴に誘ってくれたんです。王が大事にしているオメガの王太子は、お側仕えの者たちが皆褒めるほど優秀だそうだから、ご挨拶はできなくてもお姿を見てみたい、と言ってね。俺はそのころ、騎士になる気もなくなっていたから、王太子になんてちっとも期待していなかった」

「――期待以上だ、と言ったのに？」

嘘をついたのかと顎を引くと、クロヴィスはゆっくりノアの顔に触れた。頬を包み込み、親指で何度もこめかみあたりを撫でる。

「レミー様のことがあったから、貴族たちの評価などあてにできないと思っていたんですよ。書記長の息子であれなら、王太子ともなれば、たとえどんなに愚昧《ぐまい》でも皆褒めるだろうと。でも、サロモン様も褒めておいでだと聞いて興味が湧いて、宴に行くことにしたんです」

サロモン様とうちの父は仲がよくて、と言われて、ノアは納得してしまった。研究熱心で変わり者扱いされるほどの人なら、博識なサロモンとは話があいそうだ。

「大広間にあなたが入ってきたときから、なるほど騒がれるだけはある、と思いました。まだ幼いのに誰もが目で追わずにはいられないほど、可愛らしい王子様でしたから。でも、皆に褒められるのは愛らしいからではないと、話すのを聞いてわかりました。内容が立派なのはもちろんですが、失敗すまいと努力している姿が、あまりにもまっすぐだった」

ノアは寒い庭を思い出した。あのときも、目元を拭ったクロヴィスの指はあたたかかった。

今は——子供にするのとは違う、恋人同士のやり方で、彼は自分を撫でている。眼差しには甘い熱が宿っていて、目が逸らせない。

「おこがましいですが、俺と似ていると思ったんです。必死に認められようとしているところがね。だから泣いているのに気づいたときは、慰めたくて声をかけてしまいました」

「がっかりされなくてよかったです」

ノアは撫でてくれる手に頬を寄せた。あの日の記憶は、ずっとつらいものだった。美しいと言われて、オメガだからだと悔しくて、クロヴィスも結局はサロモンたちと同じく、自分のバースを疎んじているのだと思い込んだのだ。

でも、違った。思うよりもずっと深く、クロヴィスはノアのことを——見てくれたのだ。

ノアがなにひとつ気づかないときでさえ。

「私、ずっとひとりだと思っていました。誰にも慕われない、価値のない王太子なんだと。オメガだから仕方がないと諦めていたつもりだけど、本当は……知らなかっただけで、クロヴィスがいてくれたんですね」

「俺だけじゃありませんよ。サロモン様も、マティアスも、先王やお妃様も、今回の道中で会った領主たちや国民だって、今はあなたを敬い、支える人たちだ」

「そうですね。……クロヴィスがいなかったら、私はまだ自分が孤独だと思っていたでしょう」

ノアは思いきってクロヴィスの顔に触れた。彼のやり方を真似て頬に手を添え、蒼い瞳を覗き込む。

「ありがとう、クロヴィス」

囁いて、睫毛《まつげ》を伏せる。震えているのはきっと伝わっているだろうが、恥ずかしいとは思わなかった。よく見ないまま近づけた唇はクロヴィスの口の端にぶつかり、頑張ってもう一度押し当てる。ぬるい、弾力のある感触が、唇を通して喉まで響くようだった。

小さく吐息を漏らすと、クロヴィスからも口づけてくる。しっかり押し包むようにして吸い、舌でつつかれて、ノアは従順に口をひらいた。

「……ん、……っふ、……ん、」

ちゅく、ちゅく、と舐められるのが気持ちいい。舌と舌を絡めあわせたクロヴィスは、優しくノアの舌を吸い出し、甘噛みされればぞくんと背筋がわななないた。

「ん、……は、ぁっ、クロヴィ、……ス、あ、」

身体の芯が疼いて、目がとろけるように潤んでしまう。じっとしていられずに尻を浮かせ、ノアはクロヴィスの肩にすがった。唇をほとんど離さないまま、クロヴィスが囁いた。

「濡れておいでですか？　匂いがたっぷりしてきました」

「んっ……出て、……でも、」

またたくまに下穿きが湿っていくのがわかる。発情してしまいそうだ、と思うのに、口づけをやめてほしくなかった。せめてもと腰を引いて、クロヴィスから遠ざける。

「あと……あと一回だけ、キスして。そしたら……ひとりで、」

「ご自分で慰めるんですか？　ここを？」

「――ッ、ぁ、や、さわら、ないで……っ」

きゅっと股間を揉み込まれ、大きく腰が跳ねた。クロヴィスの大きな手に包まれた性器から、壊れたみたいに蜜がこぼれ出てくる。あっというまに寝巻きにまで染みができ、こすられると濡れた布の感触に寒気のような快感が走った。

「待っ、クロヴィス……っ、そんなにした、ら……ぁ、あッ」

「昨日の今日で、貫いたら本当に発情してしまいそうだ」

体重をかけて、クロヴィスは静かにノアを押し倒した。深い色に翳《かげ》った瞳が、熱をたたえて細められる。

「中はあやしてさしあげられませんが、フェロモンは出ていないので、楽にはできます」

「楽……に？」

「ノア様はなにもしなくて大丈夫ですよ」

宥めるように頭を撫でたクロヴィスが、寝巻をめくり上げた。下のほうへ身体をずらし、びちょびちょになった下穿きを脱がせてくれる。濡れそぼった性器が外気に触れ、冷たく感じたのもつかのま、熱い感触にすっぽり包まれて、ノアはびくりと強張った。

「やっ……クロヴィス！　やめな、さい、……は、ん、んっ」

クロヴィスは口の中にノアの性器を迎え入れていた。制止を聞かずに頭を前後させ、唇の内側で幹をこすり立ててくる。粘膜の熱と刺激は強烈で、かるく締めつけられるだけで、蜜が勢いよく噴き出した。

「――ッ、ぁ、……っ、あ、あ……ッ」

くねるように腰が浮き、何度も噴いてしまう蜜を、クロヴィスは口を離すことなく飲み下す。頭が真っ白になる快感にノアは痙攣し、さらに数回蜜を噴いて、ぐったりと脱力した。

「ぁ、……、は、……っぅ、……、あ、」

身体中が震えて呼吸もままならない。ようやく咥えるのをやめたクロヴィスは、雫の垂れる口元を拭った。

「ノア様はほんとに量が多いですね。飲み甲斐があります」

「ば、か……っ、お、おなか、……こわし、ても、知らな、……あ、」

「オメガの蜜はアルファの好物ですよ。腹を壊したりはしない。――まだ出ますね」

「や、ぁ、あ、……あ、ああっ」

ひくつく腹を撫でられただけでも、痺れるくらいの快感が襲う。蜜は噴いたが、子種はまだだ。絶頂を求めて体内では熱が膨れ上がり、もどかしくてたまらなかった。クロヴィスは焦らすように舌を幹に這わせ、それから再び口に含み込んだ。

「――ん、あ、……ッ、あ、また、ぁっ、出て、……あ、あ……ッ」

なにもしなくても出るほどの誘い蜜は、舌で小さな孔を撫でられれば溢れ、雁首《かりくび》を締めつけられればびゅっと噴き出す。啜《すす》られればとめどなく放出が続き、性器の芯を貫く快感に、ノアはがくがくと全身を揺らした。

「――――ッ、……――っ！」

一瞬、気が遠くなった。なにも聞こえなくなり、声も出ない快感に翻弄《ほんろう》される。ねっとり吸われる性器だけが熱くて、やがて感覚が戻ると、きつく反り返っていた背中が敷布に落ちた。全身汗まみれだ。息は浅く、手足は上がらないほど重たい。だが、暴れる欲望の種は、まだ消え去っていなかった。

「……っ、どうして……っ、い、ったのに、……あつ、い……っ」

「蜜噴きはしましたが、子種がまだですからね」

クロヴィスはノアの股間を見つめて眉根を寄せた。

「あんなに噴いてもまだ勃ちが甘いですね。睾丸《こうがん》も上がっていませんし――少し中をいじりましょうか」

「い、いじる……」

ということは、やはりクロヴィスのものは入れてもらえないのだろう。発情して困るのはノアだから仕方ないのだが、寂しさが胸をよぎった。

（昨日も……奥までは、もらってないのに）

彼の子種を、体内で受けとめてもいない。けれどほしいと口に出すわけにもいかず、ノアはクロヴィスを見つめた。

「いじったら、終わり、ますか？」

「おそらく」

「では……し、しなさい」

指で触られたら、きっと窄まりに太いものをおさめてほしくなるに決まっている。でも、こういうことにはクロヴィスのほうが詳しいのだから、任せておくのがいいはずだった。

クロヴィスは優しくノアの太ももを押しひらく。促されるまま爪先を上げ、窄まりを見せると、両手が太ももの裏に添えられる。すりすりと肌を撫でた親指が尻の割れ目をなぞり、窄まりにたどり着くと、くいっと左右にひらいた。

「……っ、あ、……ぅ、んッ」

太い親指が二本、粘膜に埋まってくる。残りの指で太ももや会陰を掻くように愛撫しながら、クロヴィスは中を捏ね回した。

「んっ、……あ、……それ、な、なんか、へ、んです……ッ」

「太いのを入れられたほうが、雄を入れたときみたいでしょう？　大丈夫、勃ってきましたよ」

「んん――ッ、あ、ひ、……ぃ、……ん、んッ」

何度も挿入された場所なのに、親指がばらばらに動いて中を探るのは、独特の異物感がある。腹の内側から揉みほぐされ、誘い蜜がまた垂れてくる。

「ッ、みつ……っまた、みつ、ふいちゃ、う……ぅっ」

「どうぞ噴いてください。子種も出そうですよ。腹にくっつきそうなくらい反ってますから」

上手です、とクロヴィスは囁いた。

「ちゃんとできていますから、気持ちよくなるのを我慢しなくていい」

「……あ、……あ、……ん、……ッ」

吐息に続けて唇が再び陰茎をくるみ、ノアはぎゅっと爪先を丸めた。さっきみたいに大量に蜜を噴いたら、今度は気絶してしまう。我慢しなくていいと言われても、あんな快楽を二度も味わったら死んでしまいそうで怖かった。こらえようと身を強張らせ、けれど強く吸い上げられると、弾けるような衝撃が駆け抜けた。

「——、ひ、……ぁ、……ッ！」

噴くというより漏らすのに似て、じょろじょろと放出が続く。羞恥と混乱で涙が滲み、身をよじればいっそう漏れる感覚がして、ノアはなす術なく達した。

「たくさん出ましたね。もう一度、このまま達ってください」

「む、り、……ふ、……、っ待っ、……あ、あァッ」

過敏になった性器の裏側を舌で刺激され、ノアは後頭部を枕にこすりつけた。同時に体内の親指が、促すように粘膜を揉みほぐす。こりこりとした感触に腹が疼き、再び絶頂が全身を貫いた。

「……ッ、ん、……ッ！」

クロヴィスの唇が、射精にあわせて亀頭を吸う。飲み込み、一滴残さず舐め取って放されると、どっと疲労が襲ってきた。指一本だって、動かせる気がしない。

「楽になりましたか？」

クロヴィスが顔を覗き込み、濡れた前髪を額から払う。ノアは力の入らない目で睨んだ。

「らく、というより、つかれました」

「四回達きましたからね。回数を重ねれば、慣れて疲労は感じにくくなります」

「……うたがわしいです……」

あんなのに慣れるわけがない、と思ったが、疲れた身体を抱き寄せられるのは悪くない気分だった。二度口づけられ、冷たい水で濡らした布で下半身を清められ、新しい下穿きと寝巻きに着替えると、幸せな気持ちになってくる。

「――クロヴィス。今日は、朝までここで寝なさい」

離れていこうとする袖を摑むと、クロヴィスは狼狽えたように振り返った。

「しかし……」

「すごく疲れてるから、おまえの匂いを嗅いでも発情できる気がしません。それに……その、褒美もいるでしょう」

「褒美、ですか？」

「私は――その、快楽を味わいましたが、クロヴィスは……い、いってない、でしょう。だから、そのかわりと言ってはなんですが……」

わかるだろう、という思いを込めて睨むと、クロヴィスは袖を摑むノアの手を取った。

「かわりに抱きしめて眠ってもいい、ということですね。ありがとうございます」

「最初から素直にそう言えばいいんです」

なるべく威厳があるようにと願ってそう言ってみたものの、自分の隣にクロヴィスが身を横たえると、じわっと嬉しさが込み上げて、ノアは子供みたいにその胸に頰をつけた。くっついて頭を撫でてもらうのが、なんともいえない充足感をもたらしてくれる。

「ノア様は優しいですね」

眠らせようとしているのだろう、撫でる手つきは緩慢だった。そうですか、と言って、ノアは目を閉じる。

「寛容なのも、王には必要ですからね」

「褒美を与えるのもいいですが、ほどほどにしないと、つけ上がるやつもいますよ」

「……添い寝は与えすぎですか？」

「少し。俺はあなたの蜜が飲めるだけだって十分です」

「あれは——褒美じゃないでしょう」

笑いまじりの声に、ノアは目を閉じたまま顔をしかめた。ああいうのが本当に普通の行為かどうか、恥ずかしいがマティアスに教えてもらったほうがよさそうだ。生殖についての本には一文字だって、そんなことは書いてなかった。だが、クロヴィスは「褒美ですよ」と譲らない。

「ノア様の蜜香は誰よりも甘くてうっとりする匂いなんです。誘い蜜は一番強く香りますから、アルファなら我慢できないくらいほしいものです」

「——もしかして、クロヴィスは病気なんじゃないですか？」

呟くと、そうに違いない、という気がしてきた。普通は食べないものが無性にほしくなるのは病の兆候だ。魚卵だとか、木の皮だとか、中には土が食べたくなる者もいると聞く。

蜜が飲みたいのも、きっと病気だ。

「まさか、八年前に美しいとか言ったときも、いい匂いだなとか、飲みたいなとか考えてたんですか？

……い、医者に診《み》てもらったほうがいいのでは？」

心配になって顔を上げると、クロヴィスはなぜか、いやそうな表情を浮かべた。

「人聞きの悪いことを言わないでください。八年前は、誓ってやましい気持ちはいだきませんでした」

「でも、蜜が飲みたいなんて――」

「それは忘れてください。とにかく、あなたのことはオメガだから意識したわけじゃない。俺に似ていると思ったと言ったでしょう？　当時は弟みたいに思えたんですよ」

「……弟？」

微妙に噛みあっていない気のする会話に眉をひそめていたノアは、ぴりっと走った喉の奥の痛みに目を見ひらいた。頭の芯が冷たくなる。

（弟って――どういう意味？）

クロヴィスは頷いてみせた。

「美しいと言ったのは、人間として、という意味です。努力して毅然とできる人間は美しいものでしょう？　衛兵として見守っていたときもそうです。夫に選ばれたいと思ったのだって、ノア様がオメガだから抱きたいとか、そういう欲望があったわけじゃありません。わかりますか？」

真剣な眼差しで、一言一言区切るようにクロヴィスは言った。

「人として、あなたを好きだからだ。……蜜のことを言ったのは軽率でしたね。余計なことを言った」

それは嬉しいはずの言葉だった。だが、ノアの耳には虚しく響いた。

（弟――）

全身に満ちていた幸福感が、霧《きり》のように消えていく。

（そうか。……クロヴィスの『好き』は――人間としての、弟に対するような、愛情なんだ）

恋ではないのだ。普通の男女がいだくような、連れ添い、愛をかわして子を生《な》そうとするときの、惹かれあう気持ちではなくて……いわば敬愛のようなもの。おそらくは、臣下として、主にいだく類いの愛だ。

夫になりたいと思ってくれたのも、ノアを支えるためなのだろう。ろくな知識もないノアを導き、頑なになった意識を変えさせるため。

わかってしまうと、腑に落ちた。発情したノアに対しても理性を保てたのは、本能に身を任せるほどの欲望がなく、臣下としての役目をまっとうしようという意識が強かったからだ。サロモンのことで助言をくれたのも、こうしてシュティーアに来られるようにしてくれたのも。危険が及ばないようにと昨夜抱いてくれたのも――さっきの、口で高めるやり方も。

誘い蜜のことは、褒美を与えなければと言ったノアの気持ちをやわらげるための冗談だったのだろう。

（……特別って、そういう――主として、という意味なんだ……）

恋ではなく、深い忠誠心。

クロヴィスは、余人が及ばないほどの忠臣なのだ。

それはノアにとっては、夫なんかよりも重要な、一番ほしい存在のはずだった。喜んで礼を言わなければ、と思うのに、舌の根が凍りついたように動かない。

クロヴィスは訝しむように眉根を寄せ、ノアの頬を撫でた。

「顔色がよくない。……信じてはいただけませんか？」

「——いえ。おまえのことは、信じます」

ノアは顔を背けた。ぎこちなく感じる身体を反転させ、背を向ける。

「眠いので、寝ます」

「——よい夢を、ノア様」

ため息まじりの挨拶に続けて、クロヴィスはわずかに身体を離した。背中が触れあわない距離で寝直す気配を感じ、ノアは唇を噛んだ。

（よかったじゃないか。すべてを投げ出してくれる臣下なんて最高だ。結婚相手は探せば見つかるけれど、忠誠心を持った臣下は探したからっているわけじゃない）

神に感謝すべき僥倖《ぎょうこう》だ。今日気づけたおかげで、そんな男をお飾りの夫に据えるなどという、もったいないこともしないですんだ。

なにもかもがうまくいっている。彼が……彼だけではない、サロモンたちも含めた皆がいてくれれば、王として、明るい未来が待っているはず。

（私が、彼を好きになったことだけ忘れればいいんだ）

ノアは恋を知らない。だから、好きだなんてただの勘違いに違いなかった。

傷つく理由も、寂しく思う理由も、あるわけがない。痛いように感じるのは気のせいなのだろう。

胸や腹が斬られたみたいにずきずきするのは——気のせいでなければ、疲れのせいだ。

眠るんだ、と己に言い聞かせて、ノアはぎゅっと身体を縮めた。

無事に国に戻ったあと、ノアはまず、サロモンを宰相に戻した。

決定を伝えるとレミーは「私のほうが相応しい」と文句を言い、ボードワンは「元どおりにするだけとは、時間を無駄になさいましたな」と嫌味を言ったが、気にしていられなかった。

「必要だと確信したから復職させるのです。二か月、仕事を滞らせたことについては詫びます。申し訳ありませんが、今日から巻き返すつもりでよろしくお願いします」

そう言って朝議を終え、席を立つ。扉から出ていこうとすると、ボードワンがついてきた。

「陛下。ご命令だったモンギュの納税額の件で、お話がございます」

振り返ると、ボードワンが手にした書類を示してみせた。

「わかりました。執務室に来なさい、そこで聞きます」

「恐れ入りますが、二人きりでよろしいですか。一度陛下のご意見をうかがってから、ほかの者や朝議で報告するかをご判断いただきたい」

「――いいでしょう」

ボードワンの後ろで、レミーがにやつきながらこちらを見ている。おかしな邪推をしているのだろうと思うと不愉快だったが、仕事の話を拒むわけにもいかない。

（善き王になるためだ）

今まで以上に、ノアは善き王になろうと決めていた。そのためにはボードワンやレミーのような人間とも、うまくやっていく必要があるはずだ。

（……善き王じゃなければ、クロヴィスだって慕ってはくれない）

精悍な横顔を思い出しかけ、ノアは無意識に下腹を押さえた。

シュティーアから戻って三日。昨夜からときどき、奇妙に腹が疼くのだ。疲れのせいで腹痛を起こしたのかと思ったが、数分でおさまる。ほかの症状はだるさと、夜うまく眠れないことくらいで、ひどく体調が悪いわけでもなく、気にしないようにしていた。

休む暇はない。善き王は、勤勉でなければならないから。

ボードワンを連れて執務室に入り、二人きりになると、彼は書類を差し出した。

「ロンブトンへの補助金については、適切という意見が多くございまして、街の状況などは報告書をご覧いただければおわかりいただけるかと。問題はモンギュなのですが、納税額が減っている理由について、不作というのはどうやら嘘のようですな」

「嘘？」

「近年、モンギュ産の作物は値が下がっておるそうで。そのせいで、例年どおりに収穫されても、収入が少ないのです。従って、納税額自体は妥当と判断できますが……モンギュ伯は見栄を張りたかったのでしょう。同じ作物を作るほかの領地に負けていると思われたくなかったと、わたくしにだけ、ひそかに打ち明けてきたのです」

ボードワンは胸を張り、さりげない仕草で顎を撫でた。

「領地の運営に失敗しているとはいえ、古い家柄でございます。わたくしもモンギュ伯にはあまりいい印象がございませんが、事の次第を明らかにして名誉を傷つけるよりも、わたくしにお任せいただいて、穏便にすませたく存じますが、いかがでしょうか」

自分ならおまえよりうまくやれる、と言われている気がしたが、ノアはとりあえず頷いた。

「報告書を読んで、数日考えて返事をします」

「かしこまりました」

表面上は恭しくお辞儀したボードワンは、顔を上げるとわざとらしく室内を見回した。

「そういえば、お戻りになって以降、クロヴィスがおりませんな」

「――執務中ですから」

ノアは咄嗟に俯いた。心臓がおかしなふうに跳ねる。ボードワンは大袈裟に驚いた声を出した。

「おや、シュティーアに行かれるまでは朝議にさえ連れておいででしたのに……ご旅行中にクロヴィスがなにか失礼でもいたしましたか？」

「そういうことではありません」

「しかし、あれほどお幸せそうに連れ添っていらっしゃいましたのに。ノア様のお顔も華やいでいると、城中で下男たちまでもが噂しておりましたよ」

「……噂になっているんですか？」

はっとしてボードワンを見れば、彼は両手を揉みあわせて大きく頷いた。

「それはもう。ノア様のお美しさにも磨きがかかって、クロヴィスがよほどお気に召したのだろうともちきりでございます。それに、王になられ、人と会う機会も、城内を歩かれる機会も増えましたでしょう。蜜香が高貴だとうっとりする者もおりますよ」

「なっ……主である王についてそのような噂をするなど、無礼です」

さあっと顔が熱くなった。あけすけに蜜香について話題にされているなんて、少しも知らなかった。

ボードワンは心外そうに眉を上げた。

「無礼ではございませんでしょう。皆喜んでおるのですよ。クロヴィスとは夜もご一緒に過ごされておりますから、お子を授かるのも早いのではと先走る者もいるほどです。――次の発情もそろそろでしょう」

彼の視線がすうっと身体を這い、ノアは寒気を覚えて立ち上がった。

「話が終わったのなら下がりなさい。下品な噂など、聞きたくはありません」

「おや、では、クロヴィスはお気に召しませんでしたので?」

笑みをおさめたボードワンのぬるりとした目つきに、ノアは気圧されかけて拳を握った。咄嗟に答えられずにいるうちに、ボードワンが一歩近づいた。

「おひとりしか知らぬのも味気ないでしょうからな。よろしければほかの候補も、近々お連れいたしましょう。二度目の発情なら身籠る確率も高い。ミュー伯爵家よりもいい家柄の者もおりますゆえ――そのように寂しい顔をなさいますな」

気遣うようにも聞こえる言葉だが、表情は完全に嘲るそれだった。竦んだノアを眺め回し、ふん、と鼻を鳴らす。

「至急アルファを用意しますゆえ、明日からは朝議を休んでいただきたいものですな。ずいぶんな匂いだ。会議の最中、皆の様子がおかしいのには気づきませんでしたか？」

「……花は、飾らせていたはずです」

「ノア様の蜜香は強すぎるのですよ。さぞお恥ずかしいでしょうなあ」

露骨な口調に震えが走り、ノアは耐えかねて俯いた。ボードワンは昔からノアを嫌っていたが、ここまではっきりと侮辱するのは初めてだった。なにかが彼を怒らせたのだろうと察しはついたが、それで羞恥がなくなりはしなかった。

「赤くなって震えるぐらいなら、アルファと城の奥にこもってはいかがかな。政《まつりごと》は我々に任せておけばよろしい」

ボードワンがもう一度鼻で笑ったとき、ノックの音に続けて扉がひらいた。

「ノア様。サロモン様とのお約束の時間です」

「――クロヴィス」

入ってきたのは、今日は城にいないはずのクロヴィスだった。続けて入ってきたサロモンが、ボードワンを穏やかな目つきで見つめた。

「陛下もご多忙の身。ご用件がおすみでしたら、本日はお下がりいただけますか、ボードワン様」

「もちろん、陛下をわずらわせるつもりはございませんとも」

頬を引きつらせたボードワンは、忌々《いまいま》しげにクロヴィスを一瞥した。彼は黙ってマティアスを招き入れる。感情の読めない無表情を見るだけで膝から力が抜け、ノアは椅子に座り込んだ。

気づいたクロヴィスが近づいてくる。

「ノア様。顔色がよくありませんよ」

労るように額に触れられ、肌に熱い痛みが走る。反射的にすがりたくなるのをこらえて、ノアは首を振って逃れた。

「心配はいりません。執務中に、勝手に触らないでください」

硬い声に、クロヴィスは傷ついたように視線を逸らす。

「そうですね。申し訳ありません」

「だいたい、一週間は休暇だと言ったはずです。どうしてここにいるんですか」

自分の匂いが気になって、必要以上に声が尖る。距離は十分取っていたはずのボードワンに指摘されたくらいだ、クロヴィスにも嗅ぎ取られているだろう。せめて落ち着かなければと思うのに、城中で噂されているという話を思い出すと、余計に身体が火照った。

執務中なのに淫らだと思われたらどうしよう。クロヴィスには誰よりも、善き王だと尊敬してもらいたいのに。

(だって私は、弟なんだもの。親友の弟と同じ立場で、私が想像した『特別』じゃない)

あの夜の、クロヴィスの言葉が耳にこびりついて離れなかった。愛されていると舞い上がった分、ただの敬愛なのだと思い知らされた痛みは、時間が経っても弱まらない。

受け入れなければならないことだ、とノアは自分に言い聞かせた。はしたなく発情する暇があったら、彼が今まで以上に慕ってくれるような、善き王にならなければ。

（……私は、好きじゃないし）

乱れてもいない襟元を直すと、お茶を淹れているマティアスがしかめっ面を向けた。

「そんなに邪険にしなくてもいいじゃないですか。クロヴィス様、ノア様に謝りたいんですって」

「マティアス」

クロヴィスは困ったようにマティアスの肩を摑んだが、マティアスは「ちゃんと言わないと」と取り合わない。

「詳しく聞いてませんけど、シュティーアでなにかあったんでしょう？　ノア様の様子も、帰りの道中からずーっと変ですし、お二人ともぎくしゃくしてたじゃないですか。行きはあんなに楽しそうだったのに、つまんないことで仲違いなんてもったいないですからね。ノア様も、拗ねてないで早く許してあげてくださいよ」

「べつに、拗ねたりはしていません」

心臓が速い。平静を装って書類をめくろうとして、ノアはみっともなく取り落とした。ばさばさと落ちた紙の束をクロヴィスが拾い、こちらの手に触れないように気をつけながら差し出してくる。

「失言については、重ねてお詫びします。行きすぎた態度を取ったこともです。ノア様を傷つけたかったわけではなくて……俺も、浮かれていたんです」

蒼い瞳が、訴えかけるようにノアを見下ろした。

「国に戻ったら少しは休めるかと思ったんですが、まだ眠れませんか？」

「寝ていますよ、ちゃんと」

「目の下に隈《くま》ができていますよ」

指摘され、ノアは目元を手で覆いかけ、横を向いた。

「見間違いでしょう。……おまえが詫びることは、なにもありません」

クロヴィスは自分が失言をしたせいで、ノアが傷ついていると思っているらしい。聞き流した言葉があったのか、それとも皇帝に会う前に身体をつなげたことや、口でした行為のことだろうか。忘れられないのはそんなことじゃないのに、と思うと、余計に胸が痛かった。

弟のようだと言ったことにノアが傷ついているなど、クロヴィスは想像もしないのだろう。

「おまえがしたことに、怒っているわけじゃないんです。本当です」

「俺がおそばにいるのは、やはり不快ですか？」

「――いいえ。でも、今日は下がってください」

クロヴィスはしばらく黙っていた。やがて、わかりました、とだけ告げて離れていく。広い背中に奇妙なほど胸がよじれ、ノアは内心で自分を諌めた。恋しがったりするべきじゃない。そんな弱虫みたいなこと、考えてはだめだ。

ドアに向かうクロヴィスを心配そうに見送ったサロモンが、ノアにも気遣わしげな眼差しを向けた。

「ノア様。クロヴィスになにか非があるのでしたら、おっしゃってくださいませ。彼も反省はしているようですが、必要ならば処罰することも考えねばなりません」

「処罰だなんて、大袈裟です。ただ――彼は、夫候補からは外すつもりです」

ドアが閉ざされ、クロヴィスの気配が消えると肩から力が抜けて、ノアは背筋を伸ばした。

「ボードワンはほかにもアルファの候補を用意しているようなことを言っていましたが、女性も探してもらえませんか？　年ごろの、王家に迎えてもかまわない女性なら誰でもいい」

「ノア様、そんなにクロヴィス様に幻滅しちゃったんですか？」

マティアスにまで残念そうに言われ、ノアは困って手元を見つめた。適当な理由を作ってごまかすか、と考えかけ、ひとり首を振る。

「違います。クロヴィスは、私の夫にするにはもったいないと思うからです」

サロモンとマティアスを順に見つめ、改めて思う。こうして二人に正直に話せるのも、クロヴィスのおかげなのだ。ノアは孤独ではないと、彼が教えてくれたから。

「クロヴィスは至らない私を支えようとしてくれました。八年前の、私の十歳を祝う宴のときから、仕える意思を持って近衛騎士にもなってくれるような、忠実でよき臣下です。父のことも母のことも──サロモンやマティアスのことも、私が思うよりずっと味方なんだと教えてもくれました。それも全部、私が善き王になると信じてくれているからこそなんです」

「だったら余計、夫になってそばにいてもらったほうがいいんじゃないですか？」

マティアスが不思議そうに首をひねる。

「私の夫では、ほかの何者にもなれません。クロヴィスにはもっと活躍してもらわないと。それに──」

あんなふうに甘やかしてもらったら、きっと自分はだめになる。

頼って、欲張りになって、「善き王」からはどんどん遠ざかってしまうだろう。

そんな自分を、ノアはクロヴィスに見せたくなかった。彼にだけは幻滅されたくない。母のためだけでなく、クロヴィスのためにも、善き王にならねばならないのだ。

弟のように愛してくれる彼の期待に報いる方法は、それしかなかった。

「それに？　まだなにかございますか？」

黙り込んだノアをサロモンが促した。なんでもありません、とノアは首を横に振り、手元の書類を揃えた。

「とにかく、クロヴィスを夫にはできません。ほかの候補をお願いします」

サロモンはなにか言いたげに眉根を寄せた。マティアスは不安そうに、サロモンとノアを何度も見比べる。

「あの……それだとクロヴィス様には非がないのに、失格にするってことですよね。候補に選ばれたのに王が認めなかったとなったら、クロヴィス様の評判が落ちると思うんですけど」

「え？」

どきりとして声をあげてしまったノアに、サロモンも頷いた。

「資格なしとノア様が判断されるのでしたら、ご決断には従いますが、一度はお気に召したと思われておりますから、ノア様が望むような活躍というのは、難しいかもしれません」

そんな馬鹿な、と言いそうになって、唇を噛む。――たしかに、そのとおりだ。一度「夫候補」としてノアのそばで過ごしてしまった以上、今後クロヴィスについて回るのは、「王の伴侶になれなかった人間」という評価だ。

初めは結婚しても子種だけ取って離婚すればいい、と考えていたけれど、あれはその後のクロヴィスがどうなろうと関係なかったからだ。今は違う。クロヴィスの経歴や名誉に傷をつけるのは、絶対にいやだった。

（私に選ばれても、選ばれなくても、クロヴィスにとっては不利益しかなかったんだ……）

彼ならわかっていただろうに、あんなに優しくしてくれたのだ。献身的にもほどがある、とノアは痛む胸を押さえた。

このまま夫に迎えるのが、一番楽なのかもしれない。だが、忠誠を捧げてくれるクロヴィスを縛りつけるのは、正しいことだとは思えなかった。

（クロヴィスには幸せになってほしい。想う人と結ばれて、立派な臣下として活躍してもらうのが、彼にとっては一番のはずだもの）

思えば、シュティーアから戻ってすぐ、クロヴィスを遠ざけたのもよくなかった。クロヴィスが悪いかのように勘繰られるかもしれないと、予測すべきだったのだ。

私は本当に至らない、と思いながら、ノアは精いっぱいの落ち着きを装った。

「少し考えます。それから、クロヴィスに伝えてください。いい機会だから、私もミュー伯にお会いしてみたい。来月会う時間を作りますから、迎えに行くようにと」

故郷に戻るのなら、おかしな噂も立てられにくいだろう。首都から遠いミュー家の領地なら、支度を整えて行って戻ってくるのに三週間はかかる。そのあいだになにか方法を考えればいい。

「サロモンはさっそく仕事をはじめましょう。さきほどボードワンから書類を預かったんです。意見を聞かせてもらえますか」

クロヴィスのことは忘れたかのような素振りで促すと、サロモンは小さく息をついて、机の向かい側の椅子に座った。

「老婆心《ろうばしん》ながら申し上げれば、クロヴィスはノア様の伴侶になることも喜ぶと思いますよ」

「――」

「それから、ボードワン様にはお気をつけくださいませ。彼は長く書記長の座におりますから、その座に据えたまま、行いを改めさせるのは難しいでしょう」

「……彼が不正を働いていると？」

「わたくしにもわかりかねます。わからないからこそ、先王もずっと重用しておいでした。有能な方ではありますから……ですが、先王が床につきがちになって以来、彼の振る舞いはいささか目に余ります」

普段は穏やかなサロモンにしては珍しく、厳しい口調だった。

「今の彼はわたくしが宰相に戻ったことで、ずいぶんと苛立っているように見えます」

「そうですね……たしかにさきほどの態度は、いつもとは違っていました」

「陛下にもですか。役人への態度も数年前から悪いようで、不満や疑問の声が出ていたのですが……この際、第三者にボードワン様について調査させてはいかがですか？」

「ええ、そうしてください」

確証なくサロモンが口にするはずもないから、もしかしたら彼の元には、すでになんらかの報告が上がっているのかもしれなかった。やはり解任すべきではなかったな、とノアは後悔した。

「サロモンも、すみませんでした。私があなたを解任したりしなければ、ボードワンだってあんな態度を取らなかったでしょうに」

「さて、わたくしが宰相のままでも、ボードワン様が節度を守っていらしたかどうか」

うっすら苦笑を浮かべ、サロモンはやるせないように吐息をついた。

「書庫管理長に就いた御子息の評判が上がらないのも一因かもしれません。いずれにしても、焦ったり苛立ったりしたとき、人は思いがけない行動に出たりするものです。……本当はクロヴィスのような、陛下を確実にお守りできる者をおそばに置いておきたいのですが」

「近衛兵ならほかにもいるでしょう。マティアスもいますし、私も、自分のことは自分で対処できます」

サロモンは予想以上にクロヴィスを買っているようだ。夫候補から外すと言ったことで、サロモンのノアに対する評価が下がってしまっただろうか、と不安が掠めたが、すぐに思い直した。

夫に頼りきりの王なんて、サロモンも望まないだろう。

伴侶など、ただの藁人形《わらにんぎょう》だってかまわない。

善き王でいさえすれば、クロヴィスはきっと一生――彼が誰を愛そうとも、主として優しい眼差しを向けてくれるはずなのだ。

彼にとっても、自分にとっても望ましい未来のためなら、ノアはどんなことだってするつもりだった。

今年の夏はいつもより暑い。庭に面して風通しのいい廊下でさえ、身体に熱がこもるようで、ノアは足をとめた。マグノリアと木槿《むくげ》の白い花が、濃い緑に映えている。紅色から紫紺に色づきかけたブルーベリーがおいしそうだ。せわしなく飛び回る蜜蜂は可愛らしくて、いつもなら好きな季節なのに、眺めていても気持ちが晴れてこず、大きく息をついた。

(昨日は、よく眠れたと思ったんだけど)

シュティーアから戻って以来続く不眠に、さすがにまずい、と思ったノアは、マティアスに香水を持ってくるよう頼んだのだ。皇帝に会う前の夜に、クロヴィスがつけていた香水だ。クロヴィス自身の匂いを嗅いだりすれば発情してしまいかねないが、香水なら大丈夫だし、安心できるのではないかと期待してのことだった。

後ろから抱きしめて貫かれた最後の夜は、今思えば、人生で一番幸せだった。ほんのひととき、眠りにつくまでのあいだ、少しだけあの幸福感を思い出したい。今夜だけにして、あとはもう頼らないからと自分に言い訳し、香りを染み込ませた袋を枕元に置くと思い出すのは簡単だった。

愛されている、と実感して燃えるように感じた喜びまでが蘇り、せつない気持ちになったけれど、おかげでちゃんと眠ることができた。

目覚めも悪くなかったのに、今ごろになって身体がだるかった。

「ノア様?　どうかされました?」

先を歩いていたマティアスが振り返る。なんでもありませんと応えて、ノアは執務室へと向かった。

待っていたサロモンが、数枚の紙を差し出してくる。

「ご要望の、年ごろの娘たちの資料です。ロンブトン伯のご長女、アヴォカ伯の末の娘、スピーズ家の次女あたりがよろしいかと」

「ありがとう。早かったですね」

「伴侶はアルファにされるようだと噂が広まっておりますが、娘を後宮に入れられないかと思う貴族が多いようでして」

苦笑まじりにサロモンが首を振った。

「もちろん、そこの三名は私のほうでも確認をした女性ばかりです。どなたでも問題はございませんが……ノア様はよろしいのですか」

「なぜそんなことを訊くんです」

金髪だとか目が美しいだとか書いてある文面を追おうとしても目がすべる。ノアは紙面を見るのをやめ、サロモンを見返した。

「ご結婚されれば、お相手と蜜を結ぶのですよ」

「わかっています。それがつとめでしょう」

「蜜を結ぶということは、肌を許すということ。おそばに置き、愛情を持ちあうのが望ましい相手です。彼女たちとそのような間柄になりたいと、お思いでしょうか」

含むような口ぶりに、脳裏にクロヴィスが蘇った。甘く包み込むような笑みや艶を帯びた眼差し。大きな手の温もり。すっぽりとノアを包み込む、頼り甲斐のある体格。

痺れるように胃から下腹部にかけてが熱くなり、ノアは紙面に目を落とした。

「サロモンも認める女性なら、誠意を持って向きあえば、愛情も自然に芽生えるでしょう。私は王としての義務から逃げる気はありませんから、やりとげてみせます」

言いながら、自分でも空々しいとわかっていた。喉が痛い。本当は、顔も知らない女性と抱きあうなんてしたくない。それがアルファでも同じことで、クロヴィスとしたような行為をほかの誰かとするなんて、考えたくもなかった。

せめて、今はまだ。

もう少し、彼に愛されていないことを――王にしかなれないことを、心から受け入れられるまでは。けれど、素直にそう言うわけにはいかなかった。できれば、クロヴィスがミュー伯を連れてくるまでに、相手を決めてしまいたい。

(……きっと顔をあわせたら、決心がにぶってしまうもの)

脳裏に浮かびかけたクロヴィスの顔を急いで消し、ノアは口をひらいた。

「まずはロンブトンの長女――」

「失礼いたします!」

慌ただしい声が廊下から響き、ノアの声を遮った。マティアスが扉を開けると、伝令を頼まれたのだろう、見知らぬ貴族が飛び込んできて、荒い息をついた。

「サロモン様、ご指示どおり調べたのですが、それが――」

言いにくそうに彼はノアを見て、ノアは眉をひそめた。

「かまいません、続けなさい。なにごとですか？」

「はい。サロモン様に、書庫で管理している物品や書類について、目録と照らしあわせて整理するようにと言われたのです。その、以前の管理長もあまり熱心ではございませんでしたし、今のレミー様も……」

「わかっています。それで？」

「――明らかに最近書き換えたとわかる目録がございまして、不審に思って調べたところ、以前の記録にはある宝物が宝物庫からいくつもなくなっておりました。念のために役人にも確認しましたが、売り払うような理由も、持ち出す理由もない、宝石のついた装飾品が、二十個ほどないんです」

「わかった。きみはほかの貴族に連絡を出して、朝議の間に集まるように指示してください。よろしいですか、陛下」

立ち上がったサロモンが険しい声を出し、ノアも頷いた。かしこまりましたと去っていく男を見送り、二人で朝議の間へと急ぐ。

ほどなく、会議に参加する貴族たちが集まってきた。問題が起きたと言われたからだろう、皆深刻な顔だった。揃ったところで、ノアは全員を見渡した。

「宝物が紛失したようです。それもただの紛失ではなく、目録が書き換えられていたとか」

貴族たちが動揺した顔を見あわせた。だが、肝心の書庫管理長であるレミーがいない。ボードワンは悔しげな表情を浮かべていて、顔色はひどく悪かった。

「鍵のかかる宝物庫に入れる者は限られています。許可された人物が立ち入るときも、記録を残さなければならない決まりのはず。それは残っていないのですね？」

「はい。ありませんでした」

伝えに来た男がはっきりと頷く。ノアはボードワンを見据えた。

「レミーに話を聞くべきだと思いますが、彼はどうしました？」

「息子は……熱が出たというので、帰らせました」

ボードワンは呻くように言うと立ち上がった。

「わたくしも具合が悪い。流行病の類いやもしれませんので、本日は失礼させていただきます。調べは皆でやってください」

「ボードワン！　勝手な真似は――」

制止も聞かず、ボードワンは朝議の間を出ていこうとする。マティアスがどうするかと目で問いかけてきたが、ノアは諦めて首を横に振った。いくらなんでも、彼らも行方をくらますような真似はすまい。罪を犯した確証もないまま捕らえるわけにもいかなかった。

「サロモン。手間をかけますが、詳細に調査をお願いします。王城にあるものはすべて王家のものではなく、本来は国民のものですから」

「御意」

かしこまって礼をしたサロモンが、顔を上げると表情を曇らせた。

「ノア様もおやすみになられたほうがよさそうです」

「大丈夫です。仕事も、学ばなければならないこともあります」

「ですが……」

言い淀む彼のかわりに、端の席にいた貴族が立ち上がった。よろめくような仕草に目を向ければ、アルファの彼は苦しげな表情だった。

「おそれながら……陛下は、発情されていらっしゃるようです」

「……っ」

思わず後退る身体を、マティアスがさりげなく支えた。行きましょう、と促され、踵を返して、ノアは干上がったように感じる喉を押さえた。

腹の真ん中が疼いている。でも、それだけだと思っていたのに――フェロモンは自分では感じ取れないから厄介だ。ボードワンも嗅ぎ取ったから、逃げるように出ていったのかもしれなかった。

ふらつきながら自室に戻ると、どっと熱が上がるのがわかった。手足の内側を、うずうずした衝動が這い回って気持ち悪い。崩れるように寝台に乗ると、下穿きが蜜で濡れていく。

「ノア様……誰か、アルファの方を呼びましょうか」

マティアスは申し訳なさそうに眉と肩を落とし、寝台の脇に膝をついた。励ますように手を握ってくれる。

「クロヴィス様がお戻りになるまではあと十日はかかるでしょうし、アルファの方がいらっしゃらないと、発情は鎮められませんよね。十日もノア様が苦しいのは、僕は見たくありません」

「……大丈夫、です」

ざっと鳥肌が立った。絶対にいやだ。この身体を、ほかのアルファに触れられるなんて。

身震いし、耐えるからいい、と言おうとして、ノアは唇を嚙んだ。

十日我慢しても無駄なのだ。二度とクロヴィスには触れさせるわけにはいかない。震えるほど屈辱でも、誰かアルファに抱かれる以外ない。

どうすればいい、と苛立ちかけ、ノアは天蓋を見つめた。数秒だけ考えて、声を押し出す。

「とりあえず、数日は我慢します。発情期の症状をやわらげる薬湯を用意しなさい。それと——ボードワンに手紙を出します。紙とペンの用意を」

「こんなときまで仕事ですか？　サロモン様にお任せになればいいのに」

「王家の縁者ですから、誠意を持って対応するようにと伝えるだけです」

呆れ顔のマティアスに手を振って下がらせ、ノアは一度だけ、自分の身体を抱きしめた。

（……どうせ誰でも、クロヴィスじゃないなら同じだ。だったら）

だったら、せいぜいこの身体を使うのだ。


私室のドアがかすかに軋んだのは、夜半になってからだった。薄い寝巻に着替えて待ち受けていたノアは、「ここです」と声を投げた。

「寝台に……動けないので」

抑えかねたような息を吸い込む音が聞こえ、人影が移動してくる。枕元の小さなランプに照らし出された相手は、ノアを見ると憎悪に似た表情を浮かべた。秀麗だが酷薄な顔に、白髪まじりの髪が、ランプの炎で赤く光る。

「みじめなものですな、ノア様」

「……私も、そう思います、ボードワン」

意図せず声が掠れたが、弱々しい響きに、ボードワンの顔には勝ち誇ったような笑みが滲んだ。整っているはずのアルファの顔貌が、表情のせいで下品に見える。

「今まであれこれと頭を悩ませてきたが、所詮はオメガだったというわけか。こんな手紙をよこすとは――アルファの味がよほどお気に召したようですな」

懐から取り出してみせたのは、昼間ノアが自分でしたためた手紙だった。中にはこう書いてある。

『発情期を迎えてしまいました。恥ずかしいほど火照っておりますので、私の部屋であなたと二人きりで会いたい。どうぞ誰にも言わず、夜に訪ねてきてください』

それが誘い文句に読めるだろうと考えてのことだった。常ならボードワンも乗ってこないだろうが、彼にしてみれば瀬戸際だ。レミーが悪事を働いたのはほぼ間違いがないのだから、自分の立場も危ういと思えば――きっと来る、とノアは踏んでいた。

そうして期待どおりに、彼は来た。

「思い上がって気に食わないオメガだと思っていたが、素直にすがってきたのに免じて、許してやらないこともない」

見下ろす目にはぎらぎらとした光が宿っている。ノアはフェロモンがたっぷり届くように願って膝を立てた。薄い布がまくれ上がり、太ももがあらわになる。下穿きは昼から換えていないから、気持ち悪いほど濡れていた。その股間に、ボードワンの目が吸い寄せられる。

「ボードワン。……とても、つらいんです」

見られているとわかりながら、ノアは囁いた。

「クロヴィスは夫に迎えられないと思って、口実をつけてミュー家の領地に帰らせたのですが……朝議でアルファのフェロモンを嗅いでいるせいでしょうか。このように、発情してしまいました」

「なるほど。あの若造では物足りなかったか」

自尊心を刺激されたのか、鼻を膨らませてボードワンは寝台に腰かけた。妙に皮膚のやわらかい手が喉に触れてきて、ノアは払いのけたくなるのを我慢した。

「私は王です。たとえ発情しても、未来の王の父になるのに相応しい人でなければ、身を委ねることもできないので……」

熱で潤んだ目をしばたたき、じっとボードワンを見上げる。ボードワンは侮蔑と喜悦をないまぜにした表情で、愉しむようにノアの顔を眺め、舌なめずりした。

「いいだろう。抱いてさしあげる」

「……ボードワン」

「前から、いっそ犯してやりたいと思っていたのだ。いくら花を飾っても、おまえの蜜はふしだらに匂うのでな。衛兵どもにやたらと人気があるのも、自慰をするのにいいネタなのだろうよ」

吐き捨てるように言い、ボードワンはノアの寝巻きに手をかけた。襟元を掴み、力任せに薄い布を裂く。悲鳴に似た音に、ノアはびくりと身体を揺らしてしまった。

「そう怯えなくても優しくしてやる。これでも日ごろからたっぷりと女を喜ばせているのでね、あの若造よりはずっといい思いをさせてやる」

剝き出しになったノアの身体に視線を走らせたボードワンの顔が、いっそう下卑た表情になった。

「実にいやらしい身体だな。この乳首……臍のかたちも淫らだ。下穿きもこんなに濡らしおって」

「……ッ」

ねとり、と手のひらが胸に張りつき、ノアは漏らしかけた声を呑み込んだ。気持ち悪い。

だが、こうしてボードワンに触らせ、抱かれ、身籠るのがノアの望みだった。

彼はオメガを軽蔑し、おそらくは悪事を働いている男だが、王族だ。いっそノアの夫にしてしまえば、未来の王の父になるという出世欲も満たされるだろうし、書記長の座に置いておいても、暴走しないよう手綱《たづな》を握ることもできるだろう。

レミーの件でボードワンが罪に問われたとしてもかまわない。できれば身籠りたいが、一度でも彼に抱かれたという事実があれば、それを理由にクロヴィスを遠ざけられる。年の離れたボードワンにノアが入れ上げたことにすれば、クロヴィスの評判が落ちることはない。

ノアの評判が落ちる分には、生涯をかけて、王としての義務を果たすことで挽回していけばいい。

ほんの数回抱かれるだけだ、とノアは手を差し伸べた。

数回男根を受け入れて、子種を注がれるだけ。身体を使うことくらい、クロヴィスのためならなんともない。

声もなく震えてすがる仕草は、しっかりとボードワンを刺激したようだ。荒々しくのしかかられ、下穿きごと性器を握り込まれて、ノアは痛みに呻いた。

「……、ぅ、ん……ッ」

「待っていろ、たっぷり喘がせてやる」

乱暴に下穿きに手を突っ込まれ、いよいよだ、と目を閉じる。

窄まりに指が触れるか触れないかの刹那、ダン、と激しい音がした。のしかかる重みが急に消え、ノアはぽかんとして目を見ひらいた。

ランプの火がいくつも入り乱れている。早く！　と響く声はマティアスのもので、早くとはなんだろう、とぼんやり思う。

それに、暗いせいだろうか。寝台のすぐ横でボードワンを押さえ込んでいる男が、まるでクロヴィスみたいに見える。

「誰か、縄《なわ》を早く。もういっそ首にかけちゃいましょう、きゅっと。きゅっと絞めちゃいましょう！」

「マティアス、やめておけ」

興奮ぎみのマティアスを窘める声も、クロヴィスによく似ている。

「縄を持ってくるのはいいが、寝台には人を近づけないでくれ」

「もちろんです！」

誰かから縄を受け取ったのか、いそいそとマティアスが近づいてきた。クロヴィスによく似た男が手際よくボードワンの身体に縄をかけ、我に返ったらしい彼が喚いた。

「貴様……！　私は書記長だぞ！　王族だ！　縄をかけるなど死罪だ！」

「では、裁判でそのように言ってください。長年にわたる賄賂《わいろ》と横領、それに息子の窃盗の罪が裁かれる場で、窮地を脱しようと王の寝込みを襲ったってね」

「どこにそんな証拠がある」

ひらき直ったように、ボードワンは小馬鹿にした表情を浮かべてノアを睨めつけた。

「私は先王の頃から重用されてきたんだぞ。王族であり、アルファであり、本来ならば誰よりも王に相応しいんだ。ただ美しいだけのおまえなど、王の器ではない」

はっきりと侮辱され、ノアはやるせない思いでボードワンを見返した。彼の身体を、男がきつく縛り上げる。

「長年、王に知られないように小狡《こずる》く税を誤魔化してきたことは、もう調べがついているんですよ。ついでにレミーも、悪びれもせず罪を認めましたよ。自分は王族だから、国庫のものは自分のものでもある、と。せせこましい親父のように、隠れてこそこそするのは性にあわないそうです。そんなあなたが王を犯しかけたと知ったら、今まで媚《こ》びていた貴族たちはどう出ると思う？」

「犯してない！　そいつが誘ったんだ！」

唾を飛ばしたボードワンが、再びノアを睨みつけた。

「身体が疼くから助けてくれと、抱いてくれと言ったんだ！」

「俺が知る限り、ノア様はそんなことは一言だって言ってませんね」

獣の唸るような低い声で、男が――クロヴィスが言った。

「手紙にはこうあったはずです。発情期を迎えたから私の部屋で会いたい、と。誰にも言わずに来いとは書いてあったが、抱けという意味じゃない。部屋での会話もそうです。つらいとは言ったが、抱いてほしいとは言っていないし、抱くと宣言するあなたにお願いしますと頼んだわけでもない」

「……き、貴様、盗み聞きなど、薄汚い真似を……！」

「そういうセリフは、薄汚くない人間だけが許されるんですよ」

冷たく言って、クロヴィスはボードワンを立たせた。放せと喚くのには誰も取りあわない。離れた場所には幾人も衛兵がいて、彼らがボードワンを部屋から連れ出していった。諦めの悪い罵声《ばせい》が廊下から響くが、それも扉が閉ざされると、ほどなく聞こえなくなる。マティアスは影のようにすうっと下がっていき、そばにはクロヴィスだけが残された。

黙ったまま彼が振り返り、ノアは寝台の上を後退った。裂かれた寝巻きを今更のようにかきあわせたが、身体は隠しきれず、肌に視線が突き刺さる。クロヴィスの表情は険しくて、ノアは掠れる声を振り絞った。

「なんで台無しにするんですか！」

「台無し？」

「私は自分で……っ、望んで、ボードワンに抱かれるつもりだったんです。なのに、なんでよりによっておまえが……ここにいるんですか。さっさと下がって、誰かアルファを呼んでください」

精いっぱい睨むと、クロヴィスの表情がぐっと硬くなった。

「どうしてボードワンなんかに？　それに、俺以外のアルファを呼べというんですか？」

クロヴィスが寝台に膝を載せた。それだけでぶわりと匂いが押し寄せ、股間がだらしなく蜜をこぼす。ノアは隠そうと膝を立てた。

「だって、クロヴィスとは……結婚しませんから」

「——そんなに怒っているんですか？」

「怒って……は、いないです、けど」

「怒ってないならなぜです。やり直す機会も、俺はいただけないんですか？」

膝を進めたクロヴィスが、寝台の端へとノアを追いつめる。反対側に落ちそうになった腕を摑んで引き寄せられ、ノアは弱くかぶりを振った。

「だめ……っ、か、嗅がないで。発情、して、るから」

「怒っていないなら、嫌いですか」

首筋に鼻が当たった。深く匂いを吸い込まれ、じわっと肌が溶ける錯覚がする。このまま抱きしめてもらえたら、どんなに幸福だろう。クロヴィスの背中に手を回したくなって、それでもノアは呟いた。

「クロヴィスは……そう、ゾーイ皇女と結婚してください」

「なんでゾーイ様の名前が出るんです」

「彼女なら、クロヴィスにもぴったりでしょう。それか、ほかの女性でもいいんです。私じゃなくて……誰か、あなたに相応しい女性と幸せになりなさい」

「全然、意味がわかりませんね」

彼らしくもなく、優しくない声で言い捨てられ、ノアはきゅっと身を縮めた。彼が腹を立てている、と思うとせつない。少しでも好きでいてほしいのに——尊敬していてほしいのに、どんどん軽蔑されていくようだ。

「善き王に、なりたいんです」

できるだけ小さくなって、フェロモンが匂いませんようにと願いながら、ノアは必死に言葉を紡いだ。

「クロヴィスが夫では、私はきっと甘えてしまいます。それではおまえの信頼や忠誠にも報いることができないでしょう。それにオメガの王の夫なんて、身分は高くてもただのお飾りですし、クロヴィスのような優秀な人間を選ぶべきではありません。一番いいのは、クロヴィスが相応しい相手と結ばれたうえで、生涯よき臣下でいてくれることだと——それが、クロヴィスにとっても幸せでしょう?」

「——」

「でも、クロヴィスを夫候補から外したら、評判を下げてしまうとサロモンたちに言われて……だったら私が、別のアルファに入れ上げて身籠ってしまえば、おまえに非がないと誰にでもわかる。だから、ボードワンがよかったんです。悪人のほうが、クロヴィスに同情する人も多いはずですから」

「……ノア様」

「わかったら、離しなさい。この際誰でもいいです。レミーでも、牢に囚われている罪人でも」

命じたのに、クロヴィスはより強くノアを抱き寄せた。

「離せません——嬉しくて」

「っ、喜ぶのはかまいませんが、離れないと、フェロモンが……っ」

「今のノア様の話だと、ノア様が俺を大好きだって言ってるようにしか聞こえないから、離せないいん

です」

逃れようともがきかけたノアは、熱っぽい囁きに思わず動きをとめた。

「だ……大好きだなんて、ひ、一言も言ってません」

「でも、嫌いじゃないですよね？」

どうしてか、クロヴィスの声はやわらかく甘い。頭を撫でられ、困るのに、と思いながら、ノアは小さく頷いた。

「嫌いではないから、私はおまえのためを思って――」

「ボードワンに身体を弄ばれてもかまわなかった？」

「私は王です。自分の身を犠牲にする覚悟くらいできています」

「だったら、俺だけの王になってください。俺は幸せになるなら、ノア様とがいい」

耳朶に静かに口づけられ、ノアは戸惑いにまばたきした。変な言葉を聞いた気がする。ノアとがいいだなんて、まるで愛しているみたいだ。――主としてではなく、恋する人として。

でもそんなはずない。

「クロヴィス。無理はするものではありませんよ。おまえの忠誠心はよくわかっています。私は弟なんでしょう」

「……弟？」

なぜかクロヴィスのほうが訝しげに眉根を寄せる。言ったでしょう、とノアは返した。

「努力している私が、自分に似ているから好感を持ったと……支えたいと思ってくれたんですよね。

弟みたいに」

「たしかに――そうは言いましたが」

「いいんです。弟という評価は王としては残念な気もしますが、これから頑張って、おまえに相応しい主君に――」

「ノア様」

遮って、クロヴィスはノアの両肩を摑んだ。至近距離で目を覗き込まれ、息がとまってしまう。動けないノアをじっと見つめたクロヴィスは、ほどけるように笑みを浮かべた。

「言い訳はするものじゃないですね」

「――え？」

「弟みたいに思えたというのも嘘ではありませんが、あれはノア様が、オメガであることを気にしているのに、蜜のことを言いすぎて拗ねてしまわれたと思ったから言ったんです」

「…………え、……拗ねた？」

拗ねた記憶は一度もない。クロヴィスは困惑したノアの鼻先に自分の鼻を押しつけた。

「不安そうな顔をされていたので、俺の気持ちがアルファとして、オメガに対してのものだと思われたんだと考えたんです」

「……あれは……だって、びっくりして」

蜜がご褒美だ、なんて言われて、病気かもしれないと思ったのだ。

「――そういえば、蜜のことをあんなふうに言われたのに、それは全然、いやじゃありませんでした」

あの日のやりとりを思い出しながらそう言うと、クロヴィスはふわりと目尻を下げた。

「じゃあ、やっぱりノア様は俺が好きなんですね」

「……どうしてそうなるんですか」

「だって、あんなにオメガであることを嫌がっていたのに、蜜のことを言われて気にならなくて、弟のようなものだって言われて傷ついたんでしょう？」

「だって、」

言い返そうとして、口籠った。クロヴィスの言うとおりだ。オメガの特性を口にされるより、弟扱いがいやだったのだから。

（あれ……？　じゃあ、私がクロヴィスを好きだって思ったのは——勘違いじゃない？）

「俺が言いたかったのは」

優しく抱き寄せ直して、クロヴィスが囁いた。

「あなたを好きになったのは、オメガだからじゃないってことです。俺に似ているけれど、俺よりもずっと清らかで、まっすぐな人だから——八年前に出会ったときに、いずれこの人を愛するんだろうと予感したとおり、今はノア様が、俺にとって一番大事な、特別な存在です」

わかりますか、と噛んで含めるような声が耳に流れ込む。

「俺が愛しているのは、あなただけですよ、ノア様」

「——クロヴィス」

指先から溶けたように、ぬるいさざ波が広がった。肌を伝う淡い震えはあっというまに全身を覆い、ノアはぎこちなくクロヴィスの服を摑んだ。

「私は」

恋はしたことがないから実感がない。だからこの気持ちを、なんと言えばいいかもわからなかった。

喜びというより、怖いのに似ている。目を閉じると不思議と眩しくて、もう一度クロヴィスを見つめる。いつのまにか見慣れて、けれど見るたびに綺麗だと思う瞳だ。

わかるのは、たったひとつ。

「……私も、おまえがいいです。選ぶなら、」

クロヴィスじゃないなら誰でも同じだ。誰に抱かれようと等しく苦痛なのは、裏返せば彼だけが心地よいということだった。

(――好き。やっぱり、クロヴィスが好きだ)

空が晴れるようにそう思い、まぶたを伏せた。

「おまえに――クロヴィスに、そばにいてほしいです」

「では生涯、おそばに」

大きな手がうなじを引き寄せる。包むような口づけを受けながら、ノアはやっと、強張っていた身体から力を抜いた。

裸になったクロヴィスにのしかかられると、なめらかな皮膚の感触にため息が漏れた。

前にもこんなふうに抱かれたことがあるのに、初めてみたいに胸がどきどきする。幾度も触れてくる唇の弾力も新鮮に感じられ、どうしてだろうと考えて、気がついた。

「初めて、クロヴィスと蜜を結びますね」

顎やこめかみに飽きずに口づけてくるクロヴィスの髪に指を差し入れると、彼は顔を上げた。

「そうですね。前回は、子種以外用はなかったんですもんね」

「仕方ないでしょう。ずっとアルファが嫌いだったんです。国中のアルファを跪かせてやるつもりでした」

「八年前から、俺はずっと跪いているはずですが」

口の端にかすかな笑みを浮かべて、クロヴィスはノアの下唇を啄む。吸われる感触に痺れるような快感が生まれ、ノアは視線を下げた。下半身はぴたりと密着しているから見えないが、たらたらと蜜をこぼしているノアだけでなく、クロヴィスの雄も硬くなって、肌に当たっていた。息を吸い込むとあたためられたフェロモンが、脳まで染みるように香る。後ろの孔がほころぶのを感じて、ノアはクロヴィスの肩を摑んだ。

「……意地悪は、もういいです。許してやったんですから、早く……蜜を、結びなさい」

「ノア様のご命令はなんでも聞きたいですが」

焦らすかのように、クロヴィスは上唇も啄んでくる。

「俺はあなたと、蜜を結ぶ前にしたいことがあります」

めた。

彼がなにをしたいのか、見当もつかなかった。怪訝な顔のノアを、クロヴィスは愛おしそうに見つめた。

「したいこと？」

「ノア様と、愛を結ばないと」

「……愛？」

「一度寂しい誤解をさせてしまいましたからね。これから先あなたが不安をいだかないためにも――子作りの前に、あなたを愛したいんです」

質量さえ感じられる、まっすぐな眼差しだった。焼けるような嬉しさが湧いてきて、ノアはこくんと喉を鳴らした。見つめあったまま、クロヴィスの手のひらがすべって、心臓の真上でとまる。

「ノア様の子供なら絶対可愛いのに、どうせ育てるのは自分じゃないなんて、悲しいことを言ってほしくもない。だから、ノア様が十分に愛されているとわかるまでは、蜜結びはなしです」

「そんな……でも」

愛したい、と言われるなんてたまらなく嬉しいけれど、すでに発情してしまっているのだ。中に彼を受け入れ、子種を注がれなければおさまらないのに、「なし」と言われたら困る。

心細く見上げると、クロヴィスはまぶたにも口づけた。

「大丈夫ですよ。発情はちゃんと楽にしてあげます。でもその前に、今日はまず、ノア様は甘える練習をしましょう」

「甘えるだなんて、私はもう大人ですよ。それに、王です」

ノアはむっと唇を引き結んだ。クロヴィスの手のひらは胸を撫でてはいるが、肝心の場所には触れようとしない。白い肌の上で果実のように色づいた乳首は、乞うようにつんと尖ってしまっていた。

クロヴィスは焦らすように手を腹へとすべらせる。

「そういうことを言うから、まずはあなたを愛さないといけないんです。いいですか、大人でも王様でも、恋人には甘えるものです」

「……聞いたことないです」

「では、マティアスを呼んで訊きますか？」

脇腹を撫で上げ、耳元に口づけるクロヴィスは余裕たっぷりだ。ノアは数秒迷って、「いいえ」と呟いた。

「恋人とか、行為のことは……おまえのほうが詳しいと、承知しているので。——でも、甘えろと言われても、困ります」

どういうのが「甘える」なのか、改めて考えるとよくわからない。日常においてなら、たとえば勉強を怠《なま》けるとか、本当は下手なのに上手だと褒めてもらうとか、そういうのが「甘える」だと思うけれど、こういう行為のときはどうするのだろう。

クロヴィスはゆったりまばたいて、もう一度耳にキスをした。

「お教えします。今日はまず、触ってほしいところを言ってください」

「——全然、甘えているようには思えませんけど……」

「じゃあ、言うのも簡単ですね？　大丈夫、相手のことじゃなくて、自分の快感を優先してねだるんですから、十分に甘えていることになりますよ」

そういうものだろうか、とノアは眉根を寄せたが、「ノア様なら上手にできます」と微笑みかけられると、できない、とは言えなくなった。じっと瞳を覗き込んでくるクロヴィスの目から視線を逸らし、じゃあ、と小さな声で伝える。

「唇に……」

「唇に？　指で？」

「……唇で、です……ん、」

わかっているくせに、と思いながら言い終える間際に、やんわり唇が重なった。ちゅ、ちゅ、とかるく啄まれる。

「さっきもキスはしましたけど、好きですか？」

「これも……好き、ですけど……前、みたいに、中に」

「こんなふうに？」

囁きに続けて舌がすべり込み、ぼうっと口の中が熱くなった。厚みのあるクロヴィスの舌が口内を占領し、ノアの舌とねっとり触れあうと甘く感じて、彼の二の腕にすがらずにはいられなくなる。尖らせた舌先が上顎を奥まで撫でれば、ぞくぞくするような刺激が喉から背筋へ伝い、腰が重たくなった。

「ほかには、どこがお好きですか？」

くちゅくちゅと音をたてて舐めてくれながら、クロヴィスが訊いてくる。舌を吸い出され、みっともなく突き出したまま喘ぎつつ、ノアは呟いた。

「胸……も、」

「素直で偉いですね。ノア様、こうやって絞られるのがお好きだから」

再び舌を押し込み、クロヴィスは指で乳首を捩めるように撫でた。ひくん、と震えたのもつかのま、乳輪ごと揉むように摘まみ出され、ノアは喉奥で呻いた。

「ッう、……ん、んんっ……ぅ、あ、……っ、は、んっ」

「誘い蜜、たくさん出ていますね。キスと乳首だけでも達けそうだ」

湿った吐息まじりに言うクロヴィスは嬉しげだった。摘まみ出した乳首の先をすりすりと刺激され、ノアは腰を跳ね上げた。

「っや、……あ、いく、いくの、や……っ」

「達ったあともいっぱい触ってさしあげますよ。どうぞ、好きなだけ噴いて」

「ふく、のが、いやなんです……っ」

クロヴィスと肌を触れあわせると壊れたみたいに溢れてとまらなくなる蜜が恥ずかしい。お漏らしがずっと続くような感覚は、今でも慣れなかった。

「私だけ……っ、は、はしたないみたい、で……」

「俺は好きですよ。ノア様がたくさんこぼしてくださるの」

クロヴィスはわずかに身体をずらし、自分の股間をノアのそこにあわせた。硬く反り返った雄がノアの花芯に触れ、焼けつくような快感が駆け巡る。

「――ッぁ、あ、ああっ……！」

盛大に噴き上がった蜜が胸にまで飛び散った。とろみを帯びた雫を拭い、クロヴィスは濡れた指で再び乳首を揉んだ。

「誘い蜜はノア様が俺をほしがってくれる証しですから。恥ずかしがらずに、もっと出してください」

「あっ、だ、めっ、こすんな、い、……ッ、ん、あ、」

性器を太くて逞しい雄蕊で刺激されるのは、強烈な快感だった。手でしごかれるのや口に含まれるのよりもずっともどかしいのに、こすれてる、と思うと下半身がじんじんする。じょ……っ、と染み出す感覚に続けて、また勢いよく蜜が上がってきて、否応なく尻が浮いた。

「……っは、あっ、……ん、あ、……あ、あ——ッ」

自ら腰を擦り寄せてしまいながら、二回も三回も噴き上げ、息ができなくなる。がくがくと震えて激しい絶頂を味わい、ノアはぐったりと脱力した。ぼやけた視界の中、クロヴィスは愛おしげな表情で顔を近づけてくる。

「たくさん噴けましたね。次は、どうされたいですか？」

艶のある優しい声なのに、なぜかせつなくて、ノアは閉じられない口元を歪ませた。

「……馬鹿……っ」

「馬鹿？」

「つぎ、なんて、わかってるくせに……っ、ひどいですっ……」

泣きたくないのに、ぽろぽろと涙がこぼれる。触られたいところを言うなんて、全然、甘えている気がしない。

「甘えて、いいって、言ったのに……っ」

「すみません。ノア様が可愛らしいから、少しやりすぎましたね」

小さく笑みをこぼして、クロヴィスは涙を唇で吸い取った。

「でも、ノア様の好きなことをしてさしあげたいんです。ノア様は俺の、たった一人の特別な方ですから。聞かなければ間違えることもあるでしょう?」

「……いやだったら、そう言います、から」

短い口づけを受けとめて、ノアはだるい腕でクロヴィスの首筋に摑まった。

「クロヴィスの、望むやり方で奉仕してくれればいいです」

「——そんなことを言うと、噛みますよ」

すうっとクロヴィスの目が暗くなる。夜の森のように深い蒼が欲望を映し出して燃え、うなじがぞくぞくした。

「正直に言えば、八年前に噛めるものなら噛みたかったですよ。どうせ愛するようになるんだ、そのあいだにほかのアルファに取られないように印をつけておくのは、アルファの本能だ。——でも、ノア様はいやでしょう」

唸り声じみた低い響きだった。ときどき、思う。軽やかで飄々《ひょうひょう》としているようで、本当のクロヴィスは苛烈《かれつ》な男だ。その気になれば、ノアを一瞬で喰らい尽くすだろう。

そうしておそらく、喰われるあいだ、自分が味わうのは幸福なのだ。

「噛んでも……いい、です」

気づいたときには、そう言っていた。

「おまえ以外に発情しないなら、執務も楽ですし……クロヴィスが、望むなら」

所有されてもいい。彼になら。誰にも渡したくないと言ってくれるなら――むしろ、明け渡してしまいたい。

「ほかのアルファは願い下げですが、クロヴィスなら、いい、気がします」

は、と浅い息をつくと、クロヴィスの眉根がきつく寄せられる。

「フェロモンだだ漏れですよ……まったく、あなたという人は、どれだけ俺を煽れば気がすむんですか」

性急に膝を摑まれ、ノアはされるがまま大きく脚をひらいた。誘い蜜でぬめる切っ先が窄まりに触れ、「だって」とクロヴィスを見上げる。

「ほんとに、噛んでもいいって……っ、ん、……ッぁ、」

たっぷり濡れた雄は、抵抗なくノアの襞に埋まってくる。蕩けるように変形した体内がすっぽりとクロヴィスの分身を包み込み、圧迫される感覚にじわりと頭の芯が痺れた。

「本気で噛みますよ。あとからいやだって言っても、戻れないんですよ？」

「いいって、いいました、……ッ、あ、……く、……うっ」

彼のものはすんなりと奥まで入り込み、ノアの身体はひくひくと震えた。深い。今までよりずっと奥に、重たくて熱い塊を感じる。とん、と突かれた行きどまりの壁がひずむのがわかり、知らず、背がしなった。

「……ッ、――っ、……っ！」

「ああ、達きましたね。襞が締まってます」

くん、くん、とかるく奥壁を刺激しつつ、クロヴィスは味わうように己の唇を舐めた。

「本当はこのまま、奥壁の先まで征服させてほしいところですが、ノア様がもっと慣れてからにしましょうね。かわりに、ここをいっぱい可愛がってさしあげます」

「っ待っ……ぁ、まだ、は、……ん、いって、い、あ、あッ」

余韻が抜けきらないのに、敏感な場所を突かれるのは苦痛にも似ていて、ノアはびしゃりと蜜を噴いた。びりびりと肌が震える。

（すごい……だめ……きもち、いい……）

今までよりも深い場所から悦びが湧いてくるかのようだ。身体の中に底のない泉があって、その一番奥から、甘く快感が込み上げてくる。

顎を上げ、喉を反らして震える身体に、クロヴィスは手のひらを這わせてくる。

「そのまま、たくさん達ってください。お好きでしょう、連続で達くの」

「……っあ、あ、……あ、あ……ッ！」

ぎゅっと両乳首を摘ままれ、痛みと快感に同時に貫かれ、意識が真っ白になる。身体中のあちこちで火花が散っては痺れが広がり、幾重にも重なってノアを支配した。苦しいほどの絶頂。なのに、いまだ重たく腹の中を占拠する肉杭に、もっと打たれたかった。達きたいというより――足りない。

ノアはうまく動かない手を差し伸べた。目がよく見えない。

「クロヴィス……ぎゅって、して」

「――ノア様」

「もっとおくも、入れても、いいから……っ、ぎゅ、って、……あ、……ぁッ」

唐突に伸ばした腕を引かれ、ノアは腹の中を抉られる感触に喘いだ。太いものでごりごりこすられ、どろりと蜜を垂らしながら、強引に上体を起こされる。クロヴィスの腰を太ももで挟むようにまたいで座らされ、真下から貫かれると、今までになくまざまざと、彼の太さを感じた。

「っあ、……くる、し、……あ、……ふ、ぁ、」

「これならくっつけるでしょう？　ノア様も摑まって。俺が動かしてあげますから、力は抜いていていいです」

腕を巻きつけるようにして、クロヴィスが抱きしめてくれる。鼻先をこすりあわせて唇を吸い、何度も背中を撫でられると、太すぎる異物の違和感が薄れて、じゅわりと湿るような快感と充足感が湧いてきた。

尻にクロヴィスの太ももが当たっているのまでが嬉しい。尖りきった乳首がクロヴィスの胸でこすれる。分厚い舌が口の中にもぐり込み、ノアは目を細めてちゅくちゅくとそれを吸った。

「ん……ふ、……ぅっ、ん……っ」

舌を咥えているだけでも達しそうなくらい、気持ちよかった。目の奥が潤み、夢中で吸いつけばねっとりかき回され、そうしているうちに蕩けた孔がひくつきはじめた。

クロヴィスは動いていないのに、窄まりが閉じたりひらいたりして、雄に吸いついてしまう。

「気持ちいいですか？」

ひそめた声に囁かれ、ノアはかくんと頷いた。

「んっ……い、です……っ、うれ、し……、ぁ、あっ」

ゆるく揺すられるだけできゅうんと内襞がうねる。窄まりが限界まで拡張され、すっぽり呑み込んでいる感覚が鮮烈だ。背を撫で下ろしたクロヴィスの指が尻を掴むと、さらに襞が引っ張られて、心許ないようなざわめきが腹の中に満ちる。クロヴィスは掴んだ尻を斜め上へと持ち上げて、ゆっくり引きつけた。

「――ッは、……あ、……んッ」

自ら腰を振って雄を愉しんでいるかのような錯覚がして、再び蜜襞が締まる。クロヴィスは舌でノアの唇を舐めた。

「いっぱい絡まってますね。……そう、上手ですよ。好きなだけ締めて」

「ふ、ぁ、……ん、む、……っん、は、あッ、……ん、あ、あッ」

熱っぽい口づけを受けながら、強制的に抜き挿しをされるのは、目眩がするほど悦かった。性器だけでなく、舌も、腕も互いに絡まっている。クロヴィスの肌はノアの蜜か汗かわからないもので濡れていて、それがいっそう、たまらない快感を生んだ。

「ノア様、目が蕩けてますね」

くちゅりとノアの口の中を愛撫して、クロヴィスが目を細めた。

「気持ちよくなっていただけて嬉しいです。奥、突かれるのつらくはありませんか？」

「ん……っ、くるし……、けど、──いい、です……っ」

ゆっくりとだが休みなく尻を動かされ、行き来する熱を感じながら、ノアは曖昧《あいまい》に首を動かした。

「クロヴィス、は……？　きもち、い……？」

「昇天しそうにいいです」

睫毛を伏せて顔を傾け、クロヴィスはノアの首筋に口づけた。ごりっ、と先端が奥壁に刺さり、ノアはだらしなく口を開けたまま弱く達した。

「……ん、……ッ、……ァ、……っ」

不規則に震える首に、歯が当たる。硬く尖ったそれが肌に食い込み、瞬間、恐怖が胃を焼いた。きゅう、と締まる腹の中を、クロヴィスはゆったりと攻めながら、逃がすまいとするように抱きしめてくる。ぶつりと弾ける感触に続いて、鋭い痛みが首元を襲い、ノアは小刻みに痙攣した。

鮮烈な痛み──それが、これほど幸福だなんて。

「ッ、い、……ッ、あ、……あ、あ……」

血が肌を伝う。クロヴィスは犬歯を食い込ませたまま幾度か穿ち、奥壁に切っ先を押しつけてきた。どくん、と膨れ上がったように感じた直後、体内が爛《ただ》れる錯覚がした。クロヴィスの精が、ノアの粘膜を溶かして混じっていくようだ。下半身はすでに自分のものではないように痺れていて、噛むのをやめられると、かくんと頭が後ろに落ちた。

全身、だるい。痛いし、熱くて、溶けてしまったみたいで動けない。なのに──。

「ノア様。大丈夫ですか？」

「……へいき、です……」

ノアの胸を占めているのは、満足感だった。尻なんか壊れたみたいに痺れているのに、満足だなんて自分でもおかしいと思うのだが、このまま眠りたいくらい心地よい。クロヴィスがノアを抱き上げて己を抜こうとするのを、ノアはしがみついて拒んだ。

「だめ……まだ」

「——まだ？」

低くてやわらかい声が耳をくすぐる。ぐん、と体内の砲身が息を吹き返し、大きな手が後頭部を撫でてくれる。このまま、と囁いて、ノアは目を閉じた。

(好き——クロヴィス、好き、です)

「……はなさないで」

「もちろん」

言葉にならない告白まで聞こえたように、間髪を容れず応えたクロヴィスが、ノアの唇を塞いだ。狂おしい手つきで肌を撫で、痛いほど抱きしめて、ノアの望む言葉を紡ぐ。

「生涯、決して。——離せと言われても、離してはあげられませんよ」

司祭が神への詩を捧げる中で、ノアは緊張してクロヴィスを待ち受けていた。

神殿の長い廊下にまっすぐに敷かれた紅い絨毯の先、重たいドアがひらかれて、彼が姿を現す。白地に金糸の刺繍をほどこした結婚式の礼装が長軀に映えて、いならぶ人々のあいだからは感嘆のため息が漏れた。

堂々と歩いてきた彼に左手を預け、並んで祭壇の前へと進む。膝をつき、頭《こうべ》を垂れると、赤い実をつけた六月果《アメロンシエ》の枝がゆっくりと振られた。

かつて荒れていたこの土地で、唯一実を結ぶのはアメロンシエの木だけだったという。味が弱く小さい実しか結ばない木を、住む人々は役立たずと呼んで敬遠していた。しかし最初の王は神の恵みと敬い、大切に守ったところ、土壌は豊かになり、多くの作物の実る国になったという。今では国中で愛されるアメロンシエの木は、結婚式で両家の繁栄を願って用いられる神聖なものになった。

さらりと葉が髪を撫でていく感触を敬虔《けいけん》な気持ちで受けとめ、顔を上げる。使った枝から外された紅い実を、クロヴィスがひとつ口に含む。契《ちぎ》りを、と厳かに司祭が言い、ノアはまぶたを伏せてクロヴィスの口づけを受けとめた。やわらかく小さな実が舌で押し込まれ、噛みしめると淡い甘さが広がる。飲み下して目を開ければ、視線がじっとそそがれていて、ノアは自然と微笑んだ。

もう一度短い口づけをかわし、神殿いっぱいに列席した人々を振り返る。同時に音楽が奏でられ、万歳、という喝采《かっさい》の声とあわさって、高い天井に響き渡った。

その中を、二人で手を取りあって歩く。神殿の外にも長々と紅い絨毯が敷かれ、両脇には衛兵をはじめとした城内の人々が埋めていた。皆、感激に明るい表情をしている。高揚した祝福の声を受けな

がら庭を通り過ぎるあいだ、城壁の外からも遠く、歓声が響いていた。

緊張するのではないかと思っていた結婚の儀式だが、不思議と、静かな気分だった。喜びの声を聞いていると、本当に祝福されているのだという実感と、厳かな決意とが湧いてくるけれど、不安は少しもない。

ノアは手をつないだクロヴィスを見上げた。気づいた彼が目を眇め、かるく身をかがめる。

「大丈夫ですか？　目眩は？　吐き気は？」

「なんともないです」

心配そうな表情につい微笑み、ノアは開け放たれた扉をくぐった。

外と違い、静まり返った城の中を進んで中庭に出る。ヒメシャラ、木槿、タイサンボク、ヤマボウシと、木々が白い花をつけた、神聖な儀式に使う庭だ。母とクロヴィスの父であるミュー伯が待っている。結婚式は神殿での誓いの儀式のあと、二人で親たちに挨拶をするのがしきたりだからだ。

母は緑の葉の束を、ミュー伯は白い花束を持っていて、ノアとクロヴィスがそれぞれ受け取った。場所を交換し、クロヴィスがノアの母の前に、ノアはミュー伯の前に膝をついた。

緑の葉の束を手渡して、ミュー伯を見上げる。白髪のまじる栗色の髪の彼は、クロヴィスにはほとんど似ていない。穏やかな外見で、いつも楽しげな表情を浮かべている。今日はわずかばかり目を潤ませていて、ノアが手を取ると握り返してくれた。

「本日より、あなたの家族になりました。どうぞ末長く、よろしくお願い申し上げます」

「こちらこそどうぞよろしく、新しい息子殿。——なんだか不思議な気分だね、王様に跪いていただくなんて」

照れたように笑い、ミュー伯はノアを立たせてくれる。視線は逸れず、じっと見つめてくる眼差しは愛おしさに溢れていた。

「陛下がお幸せそうなのが、僕にもなにより嬉しいことです」

「おめでとう、ノア。クロヴィス」

母も言い添える。ノアの横で同じように挨拶をしていたクロヴィスも立ち上がると、小さな庭の真ん中に用意されているテーブルへと移動した。マティアスがひとつの瓶からアメロンシエ酒をそそぎ分け、四人で等分に飲む。両親ともに健在ならば六人で飲むはずの、「新家族」の祝酒だ。ここに父やクロヴィスの母もいたら、と考えかけて、ノアは小さく首を振った。

たった四人の家族でも、こんなに幸せだ。

もちろん、父もここにいれば、とても喜んでくれただろうけれど。

最後の一口を飲み干すと、クロヴィスがすぐに椅子を引いてくれた。甲斐甲斐しくしゃがんで長い服の裾を直す仕草に、ミュー伯がのんびり笑う。

「クロヴィスがこんなに世話焼きだとはねえ。いっときだってノア様から目を離さないんだから」

「当然でしょう。ただでさえ大切な相手ですが、今は気をつけてやりすぎということはないんです」

「具合はどう、ノア」

そばに寄り添った母が肩に手を置いた。

「はい。先週くらいから、ずいぶん落ち着きました」

「おなかはまだ目立たないねえ」

反対側からミュー伯が覗き込む。クロヴィスは「当たり前ですよ」と眉をひそめた。

「まだ四か月なんですから」

「だって、楽しみなんだよ。生まれてからまだ一度も孫を抱っこしたことはないから」

「文句は兄上に言ってくださいよ」

言いあうクロヴィスたちの声を聞きながら、ノアはおなかに手を当てた。

ここに新しい命が宿っているとわかったのは二か月ほど前のことだ。その前の発情期のときに、「今回はたぶん、蜜を結びますよ」とクロヴィスに言われていて、あまり期待はせずにいたのだが、わかったときには自分でも驚くほど嬉しくて、少しだけ泣いてしまった。

ただ授かった喜びだけでなく、そこに至るまでの半年間、クロヴィスに愛され続けた時間があったからだ。文字どおり隅々まで愛されながら一緒に過ごした半年は色鮮やかで、とても幸福だった。おかげで、一年前と今の自分は、なにもかもが違う。

「ノアも、親になるのね」

肩をさすって、母がしみじみと呟いた。「生まれたときはとても小さくて、すぐに具合が悪くなるような子だったのに……こんなに立派になって」

涙のまじる声色に、ノアは彼女の手を握って穏やかに母親を見上げた。

「たくさんご心配をおかけしましたが、もう大丈夫です」

「……そうね。もう、大丈夫ね」

彼女はそっと目尻を拭った。ミュー伯がすかさずハンカチを差し出してくれ、皆で微笑みあうのが、なんともいえず幸せだった。ノアはおなかに当てたままの手を、優しく動かした。

（きみは、愛されて生まれてくるんだよ。家族みんなが、会える日を楽しみにしている）

今のノアは、生まれた子を乳母や侍従たちに任せきりにする気はないし、クロヴィスにはずっとそばにいてほしい。善き王でありたいのは変わらないが、それはもう母に認めてもらうためでも、誰かを跪かせるためでもなかった。できることなら、国中の人に、自分と同じくらい幸せでいてもらいたいからだ。

知るごと、触れあうごとにノアを王として認め、称えてくれる人たちのために。

「ノア様。儀式は全部終わりましたし、部屋に戻りましょうか」

正面に立ったクロヴィスが手を差し出した。鮮やかな緑と白い花々を背景に、見つめてくる彼の瞳は甘い蒼をしている。頷いて手を預け、立ち上がらせてもらい、ノアは彼の胸に寄り添った。あたたかく包み込むクロヴィスの匂いに、目を閉じる。

——部屋で二人きりになったら、今日はちゃんと伝えよう。

正式に結婚した日に相応しい、感謝の言葉だ。

（クロヴィス。おまえに会えて、私は——誰よりも、幸せです）

あとがき

こんにちは、または初めまして。葵居《あおい》ゆゆです。

クロスさんでの三冊目の本はファンタジーなオメガバースものにしてみました。オメガバースは何作か書かせていただいているのですが、身分の高いオメガというのは書いたことがなくて、一度はやりたいなーということで、今回は受が王様です！　王様のお相手はやっぱり王道がいいなと思い、攻は騎士様に。いっぱいツンツンしているのに、世間知らずなのでわりとちょろいノアは書くのがとても楽しかったです。クロヴィスは年上らしさと溺愛モードのほかに、元来は飄々とした人なのかなというのがあったので、バランスを取るのが難しかったのですが、その分書き終えた今は愛おしい気がしています。皆様に彼らの恋模様を楽しんでいただけたら嬉しいです。

今作ではジューンベリーをアイテムとして使ってみたのですが、ジューンベリーって見た目は素敵なのに、味はそれほどおいしくないんですよね。もっとおいしい果実を使うか迷いましたが、結局可愛いのでジューンベリーにしてみました。隣国の皇帝一家や訪問中のノアとクロヴィスを書くのも楽しかったです。そのあたりは旅行気分で読んでいただけたら嬉しいですし、エッチな部分も含めて、果物と花の甘さをイメージしつつ、世界に浸っていただけるよう祈っております。

イラストはｙｏｃｏ先生にご担当いただきました！　以前ご一緒させていだだき、また機会があったら嬉しいと思っていたので、とても光栄です。カバーから口絵、挿絵まで、一枚一枚物語性が宿った素敵なイラストで彩っていただきました。ｙｏｃｏ先生、本当にありがとうございました！

いつも辛抱強くおつきあいしてくれる担当様、編集部の皆様、本書にかかわってくださった制作印刷流通販売の皆様にも、この場を借りてお礼申し上げます。いつもありがとうございます♪

ブログではまたおまけSSも公開したいと思っております。そちらもぜひチェックしてやってくださいませ。

少しでも楽しんでいただけて、また別の本でもお会いできたら嬉しいです。最後までお読みいただきありがとうございました。

二〇二二年一月　葵居ゆゆ

CROSS NOVELSをお買い上げいただき
ありがとうございます。
この本を読んだご意見・ご感想をお寄せください。

〒110-8625
東京都台東区東上野2-8-7　笠倉出版社
CROSS NOVELS 編集部
「葵居ゆゆ先生」係／「yoco先生」係

CROSS NOVELS

愛蜜結び
～オメガの王と溺愛騎士の甘い婚姻～

著者

葵居ゆゆ

2022年1月23日　初版発行　検印廃止

発行者　笠倉伸夫
発行所　株式会社 笠倉出版社
〒110-8625　東京都台東区東上野2-8-7　笠倉ビル
[営業]TEL　0120-984-164
FAX　03-4355-1109
[編集]TEL　03-4355-1103
FAX　03-5846-3493
http://www.kasakura.co.jp/
振替口座　00130-9-75686
印刷　株式会社 光邦
装丁　Asanomi Graphic
ISBN 978-4-7730-6326-4
Printed in Japan